新潮文庫

この世の春

上巻

宮部みゆき著

新潮社版

11204

目次

装画　藤田新策

本文イラスト　こより

この世の春

上巻

第一章　押込

一

ごめんくださいまし、ごめんくださいましと声がする。急いていながら、囁くように抑えられた女の声だった。

宝永七年（一七一〇年）皐月（五月）の夜半のことである。父が書斎で書き物をしているので、多紀もまだ起きて針仕事をしていた。

「畏れ入ります、ごめんくださいまし」

女の声は、家の裏手の木戸の方から聞こえてくる。多紀はさっと立ち、瓦灯から手燭に火を移して廊下へ出た。

この隠居所には、部屋はいくつもない。多紀が寝起きしている小座敷の隣は板敷きの物置で、台所のある土間と勝手口へと続いている。その板戸は閉じてあるが、竈の上の煙抜きから半月の光が淡く差し込んで、水瓶の縁をぼんやりと浮かび上がらせている。

「はい、ただいま」

ひと声かけておいて、板戸を開けた。

地面に打ち並べた腰の高さほどの杭に横板を渡しただけの板塀のそばに、女が立っていた。両腕で子供をかき抱き、少し前屈みになって息を切らしている。

知らない顔だ。歳のころは三十前後だろう。だいぶ乱れてはいるが島田髷を結い、小袖を着ている。ということは、ここ長尾村の者でも、近在の者でもあり得ない。

子供は夜着にくるまれており、その襟元から覗いているのは芥子頭だ。身体も小さいし、髪を伸ばし始めたばかりの三歳ぐらいだろう。眠っているらしく、女の肩に顔を埋めている。

「こんな夜分に、本当に畏れ入ります」

女の顔色は、月よりもさらに白い。息があがっているだけでなく、疲れ切っているようだ。

「こちらは、元作事方組頭の各務数右衛門様のお住まいでございましょうか」

絞り出すような声に、多紀は急いで近寄ると、閂を抜いて木戸を開けた。

「はい、左様でございます。わたくしは各務の娘の多紀でございます」

どうぞお入りください――と言い終えぬうちに、女は子供を抱いたままふらふらと倒れかかってきた。とっさに抱き留めようとして腕を差しのばすと、子供だけ引き取るような格好になった。女は多紀に子供を預けると、その場にしゃがみこんでしまった。

子供はぐっすり眠っている。小さな頭も、華奢で柔らかな身体も、懐炉のように熱い。藍色の縮緬の〈すっぽり腹当て〉を着ており、その背中に縫い付けられた魔除けの背守りには、散り楓の家紋が染め抜かれていた。

多紀はどきりとした。この女も子供も知らないが、家紋には見覚えがある。

「しっかりなさいまし。さあ立って」

女を励まし、立たせようと腕を取って、気がついた。女は足袋と草鞋を履いているが、慣れない田舎道を急いで来たせいか、爪先に血がにじんでいる。

「もし、貴女はどこからおいでになったのですか」

女は半ば気を失っている。多紀は片手で子供を抱いたまま、その肩を揺さぶった。

「城下からいらしたのですか。このお子も？　どうかしっかりなさって。こんなところで倒れてはいけません」

女の頭がぐらぐらと揺れ、はっと息を呑むようにして目を開いた。

「は、はい、わたくしは」

多紀の脚にすがりついて、女は言った。

「御用人頭の伊東十郎兵衛成孝様のお屋敷で乳母を務めております、美乃と申します。そのお子は御年三歳のご嫡男、一之助様でございます」

息が詰まり、泣くような声になった。

「本日辰の刻（午前八時頃）のころ、お城からお目付衆がおいでになりまして、主がお役御免になり、伊東家の家人どもには蟄居禁足を申しつけられた由、お達しがございました」

それを聞いて、多紀もまた息が詰まるような気がした。思わず問いかけた。

「それは御上意ですか」

「わたくしにはわかりません」

美乃は震えるようにかぶりを振った。

「一之助様はここ数日お風邪でお熱があり、わたくしがおそばについて、お屋敷の離れですごしておられました。そこで、家人の一人がいち早くわたくしのもとに来て、一之助様をお守りして遠くへ逃げるようにと、お目付衆の目を盗んで外へ出してくれたのでございます。ですから、後も見ず一目散に立ち退いて参りました」

多紀も目がまわりそうになって、美乃の傍らに膝を折った。

「それで——どうしてここへ、父のもとへ来たのですか」

間近に顔を合わせてみると、美乃の目には涙が浮かんでいた。

「しばらく前から、主は今般のような変事が起こることを案じておられました。そして奥様とわたくしに、もしも万が一のときは、長尾村に隠棲しておられる各務様におすがりするようにと」

多紀が鋭く息を吸い込んだからだろう、美乃は言葉を切って目を上げた。

「——ご迷惑をおかけすることになるのでしょうけれども」

迷惑も何も、わけがわからない。多紀は困惑し、返す言葉が出てこなかった。

御用人頭の伊東成孝は、一介の郷士から成り上がった新参者である。殿の重用をいいことに、家老衆ばかりか主家北見家のご一門（親戚筋）からも不評を買うほどの専横ぶりであった。

とはいえ肝心の殿——下野北見藩二万石を治める六代藩主・北見若狭守重興が、政務一切の取り次ぎをこの用人頭に任せきりにして、他の者にはろくに顔さえ見せずに引きこもっているのでは、どうしようもない。国許にいるときばかりではなく、出府の際も伊東を伴い、藩邸で江戸家老や江戸留守居役以上の権限を与えてきたのだから、呆れるばかりの仕儀である。

北見藩は小藩ながら譜代であり、家老衆は戦国の世から代々北見家を守り立て、支えてきた古い家柄の者たちだ。だから紐帯の固い一枚岩だが、反面、彼らの親族のみで藩の要職を占めてきた歴史を省みることがなく、家中の一部にはそれに対する根深い不満や嫉妬が沈澱していた。その沈澱物が権勢を集める新参者の方へ引き寄せられてゆくのも人の情としては無理もない話で、伊東成孝にも取り巻きがついて、新興の派閥ができた。伊東が御用人頭の座に就いて五年近く、北見藩家中の空気は、凪いだ水面の底に渦巻く流れを隠している淵のように、常に不穏に翳っていた。

しかし、そうした政争から、各務数右衛門ほど遠いところにいる者もいない。二十一歳で各務家の家督を継ぎ、数年は城の警備役である馬廻役を務めたが、それ以降は作事方ひと筋、領内をうねってやがて利根川に注ぐ千川に堤を築き、流域一帯の新田開拓に打ち込んで、一昨年の春にようやく隠居したところだ。父の跡を継いだ多紀の兄も作事方を務め、今は千川から西へ灌漑用の水路を延ばすために励んでいる。

各務家は八十石取りで、藩士ぜんたいのなかでは上士だが、その上士のなかではもっとも禄の低い小さな家だ。家老衆にも、御用人頭とその取り巻きにも、目をつけられるような人物でも立場でもない。

――だからこそ頼られたのかしら。

しかも、こんな鄙な村に引っ込んでいる老人だから。

そのとき、土間の方から声がした。

「多紀、あがっていただきなさい」

数右衛門が手燭を掲げてこちらを見ていた。筒袖の上に、多紀が縫った袖のない薄い綿入れを着ている。この季節に薄手とはいえ綿入れなのは、父の身体の冷えを案じる多紀が、せめて夜なべのときだけでもこれを着てくださいと頼んだからである。

「美乃殿とやら、入られよ。多紀、お子はまだ熱があるようなのか」

美乃は「ありがとうございます」と声をあげ、その場で深く頭を下げた。

「はい、頭も身体も熱くて」

「ならば早く寝ませねばならん」

数右衛門は自分も土間へ降りてきて、美乃に手を貸した。そして淡々とこう言った。

「伊東殿からどのようなお言葉があったにせよ、それはこの隠居の身にはあずかり知らぬことでござる」

美乃がぶるりと身じろいだのが、多紀にはわかった。

「朝までここで休まれるがいい。だが、それ以上お助けすることはできぬ。夜が明けたらすぐに、北に半里ほど先にある円光寺(えんこうじ)という念仏寺へ行きなさい。そこの住職ならば、よしなに計らってくれましょう」

数右衛門の瘦(や)せた横顔には、多紀もたじろいでしまうほど険しい色が浮かんでいた。

美乃と一之助の世話をし、多紀は朝まで一睡もしなかった。

城下からここ長尾村まで、三里（約十二キロ）余りの道のりがある。千川につかず離れずに延びる平坦な道とはいえ、慣れない美乃にはさぞ辛(つら)かったろう。はたしてその足はまめだらけで、爪が剝(は)がれかけているところもあった。

父があのように言った以上、もう美乃にあれこれ問いかけてはいけない。美乃もまた語ろうとはしなかったが、多紀が足の傷を気遣うと、城下町を抜け出て最初の村にたどり着いたとき、村人から草鞋をもらったということは話してくれた。そこまでは雪駄(せった)履きだったのだ。

一之助は目を覚ますと少しぐずったが、重湯を与え熱冷ましを飲ませると、また眠った。多紀がどれほど勧めても美乃は横になろうとしなかったが、ちょっと座を外し、戻ってきてみると、一之助を守るように身を丸めて眠っていた。

数右衛門は継裃(つぎかみしも)に着替え、書斎で座していた。父がこの公服を身に着けるのは、お城からの遣いを迎えるときぐらいのものだから、多紀にも、これは父が、美乃と一之助を追って人が来ることを覚悟しているのだとわかった。

美乃が一之助を抱いてひたすらに駆けてきた道を、北見家の紋所のついた目付衆の提灯(ちょうちん)が近づいてはこないか。馬の蹄(ひづめ)の音はしないか。夜の残りを、多紀は耳をそばだて目を瞠(みは)って過ごしたが、何事も起こりはしないまま、東の空がうっすらと明るくなってきた。

村の時の鐘――ほかでもない円光寺の朝の鐘が鳴ると、いつものように猪助(いすけ)が隠居所にやって来た。長尾村の者で、すっかり腰が曲がっているが、まめまめしく働く老人だ。数右衛門と多紀にとっては頼れる下男であり、多紀と一緒に隠居所のまわりのささやかな畑を耕す作男でもある。

美乃は起きて髪を整え、多紀が揃(そろ)えた着替えも済ませていた。数右衛門は猪助を呼ぶと、短く言いつけた。

「ご苦労だが、この女人を円光寺へお連れしてくれ。寺の見えるところまででいい。そこでおまえは引き返してきなさい」

多紀は一瞬、父が美乃に、住職に宛てた文か書き付けを持たせるのではないかと思ったが、そういうことはなかった。

美乃は、来たときと同じように一之助を夜着でくるんで抱きかかえ、深々と数右衛門と多紀に一礼をした。

「このご恩は忘れません」

昨夜よりもさらに声が細っていた。

「この先どのようなことになっても、誰にも、こちらで助けていただいたことは申しません。主の命とはいえ、後先を考えずにおすがりしたご無礼をどうぞお許しください」

そして隠居所を出て行った。

美乃が背中を向けると、その肩越しに、多紀と一之助の目が合った。幼子は初めて、ぱっちりと瞳を瞠っていた。小さな指がのぞいて、美乃の肩をつかむ。多紀は思わず目をそらした。

隠居所を囲む田畑のあぜ道を、美乃の先にたって猪助がよちよちと歩いていく。振り返り、振り返りしているのは、美乃の足取りを気遣っているせいばかりではあるまい。きっと美乃が泣いているからだ。

そう思うと、多紀の目も涙で曇ってきた。

「おまえが泣く筋合いのことではない」

父の声音は低かったが、叱りつけるような厳しさはなかった。

「はい」

多紀は答え、指先で目を押さえると、涙を呑み込んだ。

「すぐ朝餉の支度をいたします」

台所へ戻ろうと身を返すと、数右衛門が独り言のように呟いた。

「円光寺の住職は、脇坂様の遠縁にあたる。田舎坊主にはもったいないほど老獪なお人でもあるから、できるだけのお取りなしをしてくださるだろう」

脇坂勝隆は、北見藩の筆頭家老である。

「今はまだ事の子細が知れぬ。殿のお気持ちが変わられ、これまでの御用人頭への依怙を改めるおつもりでお役を解かれたという仕儀ならば、それは家中の者ばかりではなく、当の伊東家にとってもむしろ幸いとなるかもしれん」

軽々に狼狽えてはいけないと、父は言った。

「はい、よく心得ておきます」

多紀は父の背中を見つめた。

「お父様は、伊東様と何かご縁がおありだったのですか」

何かしら繋がりがなければ、こんな危急の折に「頼れ」と名を挙げられるわけがない。

だが、つい口に出た問いかけではあるものの、多紀も父がやすやすと答えてくれるわけはないと察していた。各務数右衛門はもともと寡黙な人だし、このような事態のなかでは、いっそう口を慎むだろう。

「思いあたる節はない」

案の定、父はそう言った。

「私以上に、総一郎にも何もないはずだ」

多紀の兄のことである。先月、男の子が生まれたばかりだ。産み月までに、多紀は赤子の厄除けになる麻の葉の柄の産着を何枚も縫って、兄夫婦の住まいがある作事方の侍屋敷まで届けに行った。これまた案の定、兄は役務のために家を空けていたが、嫂は幸せそうにつやつやとした頬をしていた。

「では、お父様もわたくしも、昨夜は珍しい夢を見たのですね」

「そういうことだ」

そこで初めて、父はうっすらと笑った。

「さて、着替えをしよう」

朝餉を済ませると、ほどなく猪助も戻って来て、多紀と二人で畑に出た。

春に植えた青菜が育ってきている。城下で生まれ育った多紀は、ここに来るまで農事にはまったく疎かったが、猪助の手ほどきのおかげで、青菜も芋も豆も立派に収穫できるようになった。

一日のうちに、多紀は何度かこっそりとあくびを噛み殺した。ずっと文机に向かっていた数右衛門も、疲れたのだろう。その夜は早々に灯を消した。多紀も夜なべはやめて床に就き、夢らしいものの欠片さえ見ずに眠った。

そうして新しい朝がくると、多紀は、あれはたまさかの夢だったのではないかしらと思い始めた。長尾村では田植えが始まり、村人たちが活気づく時期だ。永年の日焼けが染みついて燻ったようになっている猪助の顔色さえも明るい。

しかし、その日のうちに城下からお触れが届き、多紀と数右衛門はあらためて驚かされることになった。変事は、ただ一用人頭の解任に留まる沙汰ではなかったのである。

二

北見藩六代藩主・重興は病重篤につき隠居。重興にはまだ嗣子がおらず、五歳下の弟・継義は既に他の大名家と養子縁組している身の上なので、七代藩主には、重興の従兄にあたる北見尚正が就く。

検見役により長尾村の村長に下知されたお触れの内容は、そのように簡潔なものだった。また、「追って沙汰するまで」という一応の区切りはあったが、重興の病気療養中は祭礼の一切を禁ずるとあった。

北見重興は、多紀の兄、総一郎と同じ二十六歳である。父親の急逝により、二十一歳の若さで家を継いだという点は、父の数右衛門と同じだ。そしてその藩主の代替わりがあった五年前は、多紀が十七歳で、北見藩では〈手廻〉と称する役方の上士、井川貞祐に嫁いだときでもあった。

その五年のあいだに父は隠居し、兄はその跡をとり、妻を迎えて一男一女をもうけた。多紀はといえば、嫁ぎ先には三年足らずしかおれず、離別して実家に戻り、隠居所に移った父の身の回りの世話を焼くために、そこからまた長尾村へとやってきた。

人の身はうつろう。いい方にも悪い方にも、当人が望む方にも望まぬ方にも。すべては運命の采の目のなせる業で、人が抗うことはできない。その気まぐれさと酷さは、多紀のような芥子粒のごとき一人の女にも、五年前、その女の目に姿凜々しく映った青年君主にも、分け隔てなく降りかかる。

多紀も数右衛門も、もちろんこの報には驚いた。同時に、二日前の椿事の理由が知れて、胸の奥に立ちこめていた霧が晴れた。

しかし霧が晴れると、多紀の心には冷え冷えとした雨が降ってきた。伊東の失脚がこのような事情によるものである以上、彼の嫡男・一之助の命はまさに風前の灯だ。伊東成孝はただ失脚したのではなく、新藩主・尚正の命によって仕置されたのだから。猪助の道案内で、美乃と一之助は無事に円光寺へたどり着くことができたろう。だが、今もまだそこにいるかどうかはわからない。また涙が出るかと思ったが、多紀の目は乾いていた。一之助のためにも美乃のためにも、わたしが悲しむことを許されたのはあの一瞬だけだったのだ、と思った。

それにしても、不可解なことはひとつ残る。

――なぜ、お父様が頼られたのかしら。

伊東成孝は、何を思いどんな拠り所があって、長尾村の各務数右衛門の名を挙げたのか。多紀の父は、いつものように書斎で仕事にかかり、変わった様子を見せなかった。その無言の背中が、美乃のことも一之助のことも、なかったこととして忘れるしかないし、この隠居所へ駆け込んできたことは誰にも言わないという美乃の約束を信じるしかないと示していた。

お触れの次に事の詳細を運んで来てくれたのは、午過ぎになって隠居所を訪れた、奥祐筆の小野庄三郎である。急いで襷と前垂れを外し、出迎えた多紀に、庄三郎は若々しい顔にうっすらと汗さえ浮かべたまま、挨拶よりも先にこう言った。

「この長閑な村でも、今日はそここで人びとが立ち話をしているのを見かけました。多紀殿もさぞ驚かれたことでしょう」

「お城の皆様こそ、今はまだ大変なのではございませんか」

「いや、何とか落ち着きました。伊東の家も彼に与する者たちも、存外に神妙でござった。茶坊主にも茶坊主の引き際があると観念したのならば、それはそれでよしとせねばならんのも小癪ではありますが」

この若侍は、普段はこんな棘のあるものの言いようをする人ではない。小野家は代々奥祐筆を務める古い家柄で、庄三郎の父は昨年から奥祐筆差配の座にある。城内では御用人頭の専横ぶりを間近に目にしてきたろうから、今は胸がすくような気分で、つい口が滑るのだろう。

庄三郎は、職制の上では父親の下にいるが、役務としては、家老の野崎宗俊が直に取り仕切る藩譜編纂事業についている。半月に一度ほどの割合で訪ねてくるのも、各務数右衛門が記している千川堤造成と新田開拓についての覚書の進行状況を確かめ、その書き上がった分を持ち帰るためであった。

もっとも、今日の訪問の目的は別だろう。急な政変に、各務父娘が心を乱していないか案じてくれたに違いない。

「総一郎殿にお会いしました。もう日焼けしたお顔で、ご健勝でしたよ」

藩主の交代となれば、家臣は総登城する。役務のため領内に散っていた者たちも一度は全員呼び戻されるわけで、総一郎も城下へ戻っていたのだ。

「千川・永池の灌漑用水工事はそのまま続行のお沙汰があり、作事方の面々はすぐ取って返されたようですが」

「左様でございますか。お気遣いありがとう存じます」

小野庄三郎は元来、こういう優しい人柄なのだ。総一郎の二つ年下だが、藩校で共に学んだ時期があり、親しい仲だ。実は昔、兄は笑い話のように多紀に言ったことがある。

——多紀、庄三郎の嫁になる気はないか。おまえにその気持ちがあるならば、俺がひと肌脱いでもいいのだぞ。

小野家と各務家では禄が違い過ぎ、家格がつり合わない。だからこそ笑い話だった。その後、多紀が嫁いだあとで庄三郎も妻をめとり、今は子もいる。夫婦仲は円満なようで、忠勤一途(いちず)の庄三郎は、単身でいたころよりも少し太った。

庄三郎が訪ねてくると、いつも多紀は畑仕事を猪助に任せ、いつ呼ばれてもいいように台所で控えている。今日の庄三郎はいささか興奮の体(てい)でもあり、下がろうとする多紀を引き止めたいような目顔をしたが、そういうけじめのないことを数右衛門はいたく嫌う。多紀は気づかないふりをした。

気持ちは揺れていた。この二日で、城内と城下が落ち着くまでの経緯を聞きたい気持ちが半分と、美乃と一之助という秘密の重さに、今日は庄三郎から離れていたいという気持ちが半分だ。もしも訪ねて来たのが兄の総一郎だったとしても、その半々に変わりはないだろう。

胸は重いのに気はそぞろで、多紀はそんな自分を戒めるつもりで針仕事にかかった。古い浴衣(ゆかた)をほごして、父の腹当てと、下帯に挟む当て布を縫うのだ。

年明けごろから、数右衛門はときどき下血するようになった。洗い物をする際にすぐに気づいたが、しばらくのあいだは様子を見ていて、自分から言い出さずにおいた。隠居の身になってからは、役務に励んでいたころよりは陽の下にいることが減り、年齢相応に顔色がくすんできた父ではあるが、これといって具合の悪そうなふうはなかったからである。

それが先月、総一郎に待望の男子が誕生すると、数右衛門は肩の荷をおろしたような顔をして、このごろ腹が張り、少し痛むこともあると、多紀に打ち明けた。城下まで出なければ医師はいないし、数右衛門もそこまでのことは考えていないらしく、

——歳はとりたくないものだ。

珍しく弱気な顔をして言うので、多紀はそれからできるだけ父の身体が冷えないようにあれこれと工夫をこらし、食膳(しょくぜん)にも消化(こなれ)のよさそうなものを並べるよう努めてきた。夜なべ仕事の時の綿入れも、そういう理由(わけ)があってのものだ。

それらの工夫がよかったのか、幸い、今月に入ってからはそういうことは起きていない。気候のおかげもあるだろう。梅雨寒があればまたどうなるかわからないから、気をつけておかねばならない。もしかすると、そもそも父が隠居を決めたのは、以前にも体調に不安を覚えるようなことがあったからではないのか。ふと、そう思うこともあった。

たっぷり一刻(いっとき)（約二時間）は父と語らって、庄三郎はようやく書斎から出てきた。去り際に、多紀殿もたまには城下へおいでなされと、明るく声をかけた。

「各務殿も孫の顔が見たいでしょうに、やせ我慢をしておられるのだ。多紀殿がねだって差し上げるのも親孝行ですよ」

多紀は微笑(ほほえ)んだ。「父には、覚書を記すという大事なお役目がございます」

「藩譜の完成までには、まだまだ年月がかかります。一日二日を惜しんでまで、釈迦(しゃか)力(りき)になることはござらん」

「そんなことをおっしゃると、野崎様に叱られるのではありませんか」

「多紀殿がご家老に言いつけずにいてくだされば、無事でしょう」

剽(ひょう)げたように声をひそめ、笑顔を残して、ではまた後日と帰って行った。

数右衛門がここ長尾村を隠棲の地に選んだのは、思い出の多い懐(なつ)かしいところだったからだ。村長とも懇意にしていたので、住まいもすぐ都合がついた。覚書の件は、そのころ思いがけず舞い込んだ話だが、藩譜編纂の資料として覚書を記すように命じられた者は、数右衛門だけではない。が、千川堤の造成と新田開拓の歴史には、作事方の他の誰よりも各務数右衛門が詳しいと推挙してくれたのは、（当人たちはけっしてそう認めないだろうけれど）小野父子(おやこ)のほかにいるまい。

城下からここまでは、ちょっとした野行きになる。気候も天候も、いいときばかりではない。それでも庄三郎は精々と通ってきて、ただ父の覚書を受け取るだけでなく、時には共に古い図面を広げ、時には他の文書と照らし合わせたりしながら、数右衛門の孤独な作業に熱を与え、昔の記憶を掘り起こす助力を惜しまない。

だから、普段は、庄三郎が来たあとはいっそう気が充実しているように見える数右衛門なのだが、今日はまったく逆だった。文机に背を向け、庄三郎と向き合っていたときのまま、ぼんやりと座っている。

「お父様」

多紀が声をかけると、我に返ったようにまばたきをしてこちらを見た。

多紀――と言って、父は少しためらった。

「伊東成孝は、お役を解かれた当日のうちに切腹して果てたそうだ」

多紀は黙って父の顔を見ていた。

「伊東家の家人たちは抗うこともなく、屋敷から逐電した者さえいたという」

見苦しいことだと、数右衛門は呟いた。

「だから大きな混乱はなかったが、伊東の妻女は一之助の所在を白状せず、夫が切腹したという報を聞くと、あとを追って自害したそうだ」

多紀の脳裏に、幼い一之助のつぶらな瞳と小さな指が浮かんだ。あの子はもう、父も母も喪ってしまったのか。

「一之助の身柄は、円光寺の住職の取りなしで、そのまま寺の預かりになっている」

「よかった……」

多紀は両手を胸にあてた。

「お父様の計らいが功を奏したのですね」

「まだわからん。住職は、一之助を仏門に入れることで命を助けようと運動しておられるようだが」

数右衛門は眉をひそめる。

「乳母の美乃は城下へ戻され、斬罪に処されたそうだ。上意に背いて逃亡をはかったのだから、これは是非もない。そんな悲壮な顔をするな」

多紀はいったん口元を強く結んでから、

「お父様こそ」と言った。「それにお父様もわたくしも、伊東家の乳母のことなどまったく存じませんでしょうに」

多紀の父は一瞬、とびきり苦い丸薬を噛んだような渋面になった。

「おまえはその小賢しさ故に井川の家を離別されたのだ。少しは神妙にへこたれるものだぞ」

不縁となり実家に戻されて以来、父がそのことに触れて発言するのは初めてだ。多紀は傷つくよりも吃驚した。父は多紀が思うよりも、そしてつい先ほどまで親しく語らっていた小野庄三郎にも思いがけぬほど、深いところで動転しているのではないか。

「お父様、お気を確かに」

父も己の口から出た言葉と、多紀の反応の両方に驚いているらしく、表情が固まった。それから、ゆっくりとため息を吐き出した。

「水を一杯くれ」

「はい、ただいま」

すぐ台所に行って戻ると、盆に載せた湯飲みを取り上げる数右衛門の手は震えていた。多紀は、父がひと口ずつ嚙むようにして水を飲むのを見守っていた。

やがて数右衛門は、己の膝の上に両手を戻し、そこに目を落として、言った。

「まさか我が藩でこのような変事が起こるとは、夢にも思っておらなんだ」

「殿の——いえ、六代様のご病気はよほど重いのでしょうか。これまでそのような噂の欠片さえ耳に入ったことはございませんから、急病なのでございましょうね」

北見重興は、昨年八月に参勤交代で出府し、この二月の末に国許に戻った。すべて予定どおりだった。だいいち、藩主が病臥したなどという大事があれば、庄三郎が教えてくれないわけがない。

娘の問いかけに、数右衛門は顔を上げた。

「多紀、私は変事と言ったのだぞ」

「は、はい」

「小野殿は政変と申されていた」

空になった湯飲みを載せた盆を捧げたまま、多紀は目を瞠った。

「今般のことは、ご家老衆とご一門のご決断による、重興様の押込だ」

主君押込。それは、家臣による主君の強制隠居である。その主な理由は、当該の主君の不行跡や暴政だ。

「ご病気というのは、表向きの理由だろう」

盆を脇に置き、多紀は父にひと膝にじり寄った。

「では、本当はどういうことなのでございましょう。六代様が政務をおざなりにされるばかりか、ご一門をおろそかにし、ご家老衆の忠言にも耳を傾けなかったから——」

つい言い募ってしまい、多紀ははっとして口を閉じた。

数右衛門の目元が、かすかに苦笑した。

「そういう言い様を、どこで吹き込まれた」

井川の家か、と言う。

図星だった。婚家にいた三年足らずのあいだに夫から聞かされた言葉の大半は、そのような批判か、それをもっと雑駁にくだいた愚痴であった。そんな言葉の端々がまだこの頭の隅に残っていたのかと、多紀は自分でも心外に思った。

「どことは申せませんが、小野様ではございませんよ」

「念には及ばぬ。庄三郎は口が固い」

数右衛門は、息子の年下の朋輩を呼ぶ口調で言った。

「小野の親父殿からも、きつく口外法度を言い聞かされていたのだそうだ。奥祐筆というお役目柄、嫌でも目と耳に飛び込んでくる事柄がある。見ざる聞かざるを貫き通すのも、楽ではなかったろう。庄三郎が晴れ晴れとした顔をしていたのも無理はない」

数右衛門は、また震えるようなため息を吐き出した。それで、少し気持ちが落ち着いたように見えた。

「主君押込は御家の安泰のためにとられる非常の手段だが、他藩での前例もある。逆臣による謀反の企てとは全く異なるものだ。今般の仕儀についても、ご公儀の内裁をいただいた上で、満を持しての決行だったようだ」

　ご家老衆は周到よ――と言う。

「尚正様は重興様の従兄ではあるが、お年齢は八歳も上だ。明野領では、英明で慈悲深い領主として慕われておられる」

　明野領は北見藩の南方の飛び地である。国境が入り組んでいるため、あいだに隣藩の領地を挟んではいるが、一日あれば行き来のできるところにあり、石高は三千石で、代々北見家のご一門が領主として治めている。

「実際、五年前に今望侯が急逝された折には、重興様ではなく、尚正様を六代藩主にと推す声もあったのだ。しかし当の尚正様ご自身が、重興殿は名君のお子であり、ただ若年という理由のみで嫡子相続のならいを破ることは許されぬと固辞されたので、この案は実現をみなかった」

　今望侯とは重興の父、五代藩主成興の諡号だ。その由来は、来世の栄光よりも今世の衆生の安寧を望み尽力する――という為政者のあるべき姿を謳った旧い漢詩である。死後にその一節を引いて讃えられるほど、成興は、尚正が言うとおりの名君だった。今もしばしば親しく「大殿」と呼ばれ、家臣の追慕を集めている。

「そのように無私無欲で、物事の筋目を重んじられる尚正様のお人柄は、今望侯によく似ておられる」

だからこそ、尚正を六代藩主に望む者たちもいたのだ。

「政変など、どのような形であれ、起こらぬに越したことはない。だが起こしてしまった以上は、極力素早く、余計な波風を立てずに収めることこそ肝要。尚正様を押し立てての仕儀ならば、まずは万全、どこからも文句のつけようはなかろう」

しかし、多紀の心には素朴な疑問が浮かんできて、それがつい口からこぼれ出た。

「でも、その尚正様までご納得になるほど、六代様の、何がそんなにいけなかったのでしょうか。わたくしには訝しく思えます」

途端に、数右衛門がまた苦い顔をしたので、急いであとを続けた。

「もちろん、出自の卑しい伊東様を重用され、それが家中の秩序を乱したことがいけないのでしょう。でも、そのほかには何が？ 六代様は、今望侯の施策を翻したり、押し潰すようなことは一切なさっていません。それはお父様もよくご存じでしょう」

数右衛門が身を尽くしてきた一連の作事は、成興が始めた富国のための施策のひとつである。子の重興は、それをきちんと引き継いだ。それどころか拡大した。今、多紀の兄の総一郎がそのために精勤している千川・永池の灌漑用水工事は、重興が藩主になってから始まったことである。

「むやみに年貢(ねんぐ)が上がったことも、不条理な禁令が布(し)かれたこともございませんわ」

数右衛門はうなずいた。「確かにな」

領内ではそのようでも、では江戸表で、譜代大名の一人としての行状に、何か失態があったのだろうか。今般の押込にご公儀の内裁があったと聞けばその筋が頭に浮かぶが、しかし、多紀にはそれも訝しかった。

かつて多紀の夫だった井川貞祐は、重興の出府に随行したことがある。何か失態があったなら、必ずそれを話したはずだ。些事(さじ)であっても、その種のことがあったら黙ってはいられない気質(たち)の人だった。

事実、貞祐は多紀にこんな愚痴を言ったことがある。

――大殿は綱吉(つなよし)公の覚えがめでたく、側衆を務められたが、重興様は格別才気のあるお方ではないからなあ。このまま無役で、菊間(きくのま)詰めでぽつねんとしておられるだろう。

江戸城の菊間は、三万石未満の譜代大名の席である。ここから選ばれて詰衆並(つめしゅうなみ)、詰衆となって雁間(かりのま)に移ることが要職への糸口だが、貞祐は、重興にはそんな才覚はないとこぼしていたのだった。

五代将軍綱吉は昨年一月に没し、五月には六代家宣が将軍宣下を受けた。いわば天下の大きな変わり目に、若き譜代藩主北見重興は居合わせたのだ。菊間でぽつねんとしているのは無事にこの節目を乗り切ったからこそだと、むしろ喜ぶべきではないか――と多紀は思ったけれど、貞祐はそういう考え方をする人ではなかった。

多紀がそう言い並べると、

「おまえというおなごは、まったく」

口数が多い――と、数右衛門はため息交じりに言った。

「藩主が気ままに依怙贔屓を押し通し、家中の秩序を乱すだけでも充分な失政なのだぞ」

説教口調でそう言ったけれど、その顔色は、多紀の疑問が的を射ていることを表していた。

「お父様、小野様は何とおっしゃっていたのですか」

奥祐筆の小野父子が、固く口を閉じて他言無用としてきた事柄は、何だ。

数右衛門は低く呻くように言った。

「重興様には、乱心の気がおありだそうだ」

これには、多紀も声を失った。

「お心が壊れておる。その意味では、病による隠居というのもあながち嘘ではないことになろうな」

残念至極なことだと、数右衛門は言った。

「だからこそ、ご公儀からの内裁も速やかに下されたのだろう。ご老中諸侯が、事を公にせず、譜代北見家の面目を保ってやろうと温情をかけてくださったのは、今望侯の遺徳があってこそだろうが、有り難いことだ」

「でも、乱心とは――いったいどんな」

「そう細かいことまでは、私は詮索せなんだ。おまえももう問うな。この話は終わりだ」

言って、数右衛門はぐったりと目を閉じた。

「疲れた。少し横になる」

陽のあるうちからこんなことを言い出すのは初めてだ。多紀は慌てて立ち上がった。

結局、それから数日のあいだ、数右衛門は寝込んでしまった。

多紀の不安のきっかけになった下血はなかったものの、熱があがり震えが出て、食べ物は重湯しか受け付けない。冷たい汗に濡れた父の寝間着を洗いながら、多紀は何度か村長に頼んで城下の兄のところへ遣いをやってもらおうかと思ったが、当の数右衛門が、まるでその思いを読み取ったかのように、

「総一郎には報(しら)せるな。風邪じゃ。騒ぎ立てるほどのことはない」

声を励ましてそう言うので、思いとどまることになった。

熱が下がっても床は上げずに、寝たり起きたりの暮らしがもう数日続いた。そのあいだに、長尾村では田植えが始まった。他所者(よそもの)の多紀であっても、村人たちのにぎやかな田植え歌が聞こえてくれば、気持ちが弾む。早乙女(さおとめ)たちがのびやかに手足を動かして働く姿を見れば、自分も娘時代に戻ったかのように心が浮き立つ。

それは数右衛門も同じらしい。「おお、田植えだな」と、綿入れを着込んで縁側に座ることができるようになった。その顔にも血色が戻り、多紀はようやく一安心した。

そのころ、また小野庄三郎が隠居所を訪れた。今度はいつものように覚書のことで来たのだが、数右衛門はちょうど午睡をとっているところだった。

多紀が事情を話すと、庄三郎はひどく驚き、労(ねぎら)ってくれた。

「役向きのことは後日でかまいません。多紀殿、各務殿を城下にお連れして、医師の診断を仰いではいかがかな。なに、総一郎殿を煩(わずら)わせることはない。必要な手配は私がいたしましょう」

多紀は彼の思いやりに深く礼を述べた上で、丁寧に断った。

「わたくしもそうしていただけたらどれほどか心丈夫なのですが、父はまったく言うことを聞いてくれません。頼んでも、かまうなと怒るばかりです」

庄三郎は声をひそめて笑う。「各務殿も一刻者でいらっしゃる」

「はい。でも幸い、本当に風邪だったようです。ここ数日は食事もできておりますし、猪助が卵を持ってきてくれまして、卵粥がずいぶんと滋養になったようでございますわ」

「なかなか気が利く下男でござるな」

褒められた当人は、田植えの手伝いに行っている。

数右衛門は眠っている。多紀は、ずっと胸の奥を塞いでいた憂いを、その一端でも庄三郎に打ち明けるなら、今しかないと思った。

伊東成孝は、なぜ、嫡子一之助の命を各務数右衛門に託そうとしたのか。一介の元作事方組頭に過ぎない父を、なぜ頼ってきたのか。

数右衛門は口を閉ざして語ろうとしないが、もしかしたら、かの権勢の人――それは実はあっさりと握り潰される張り子の虎に過ぎなかったのだけれど、しかし一度は確かにこの北見藩に君臨した郷士あがりの人物と、密かに深い関わりがあったのではないか。だからこそ名指しで頼られたのだし、数右衛門もまた、この一連の出来事に、気力を打ち砕かれて寝込むほど強く衝撃を受けたのではないか。多紀は、その疑念をどうしても拭(ぬぐ)い去ることができずにいたのである。

ただ、この話は切り出し方が難しい。小野庄三郎も何も知らないかもしれないし、知ったときの反応も計りかねる。

数右衛門を起こしてしまってはいけないし、ここの方が風が心地よいと、庄三郎は土間の上がり框(かまち)に腰を据え、ほどけたような顔をしている。

「田植え歌とはいいものでござるな」

その姿を横目に茶の支度をしながら、多紀は話のきっかけを思案した。

「尚正様は、まもなく江戸に上られるのでございましょうね」

「左様、まずは将軍家に新藩主としてご挨拶をせねば、何も始まりませんからな。御正室様とお子たちも、江戸藩邸へと居所を移さねばなりませんし」

幕府の施策により、大名の妻子は江戸に住まうよう定められている。だから正室の子供たちは、皆そもそも江戸で生まれ育つのだ。六代重興も新藩主となって初めて国入りし、北見の地を踏んだのであった。

思いがけぬ政変で藩主となった尚正の妻子は、それとは逆にこれから江戸へ上ってゆく。戸惑うことも多かろう。多紀のような身分の女がその心中を察することなど畏れ多いが、故郷の山河に慣れ親しんだ子供たちは、江戸の町をどう思うだろう。天下一にぎやかな華のお江戸に暮らせば、北見や明野の春の花々や、夏の油照り、秋の涼やかさ、冬の身を切る北風のことなど、またたく間に忘れてしまうだろうか。それとも、いつまでも懐かしむだろうか。

それを裏返せば、重興も同じである。江戸に生まれ育ち、二万石の領地と領民を束ねる君主となってようやく父祖の地を訪れた重興は、北見をどのように思ったろう。土臭い風や、野趣に溢れてはいても風雅には欠ける景色や、ひとたび荒れれば民百姓を震え上がらせる険しい気候を、珍しいと喜んだろうか。あるいは幻滅したろうか。

「わたくしのような者が口に出すのも憚られることではございますが、父から少し、聞いてしまいました」

多紀の口調と表情だけで、察してくれたのだろう。庄三郎は重々しくうなずいた。

「重興様ご乱心の由は、まことに残念至極、不幸なことでござる」

「小野様は、以前から何かしらご存じだったのでしょう」

言葉を選ぶように少し間を置いてから、庄三郎は言った。

「我ら奥祐筆は、小姓や御用人ほどには、殿のお側近くに仕える立場ではござらん。

まして殿が伊東成孝を重用なさるようになってからは、万事がかの者を通して采配されておりましたからな。しかしそれでも、城内の御用部屋では、いくつか不審なことがございました。たとえば」

殿はよく物忘れをなさった――と言う。

「お言いつけどおりの文や文書を用意しても、それについてまったく覚えておられず、不要なことに時を費やしたとお叱りになるのでござる」

そのお叱りそのものには筋が通っているので、お側の者たちは何とも不可解な心持ちになる。

「まあ、我らへのお叱りは伊東成孝を通して下されるわけですが、これがまたいちいち高飛車で嫌らしく、父は何度か、あの新参者めが憎いと頭から湯気をたてておりました」

言いながら、庄三郎は苦笑している。

「殿は――いや、もう六代様とお呼びするべきでござるな。六代様はけっして暗愚の方ではございません。今望侯の御治政を手堅く受け継ぎ、さらなる富国のための手立てもいろいろと試みてこられた。ただ、ご気分にかなりのむらがおありになりました。ほんの数日のうちに下知された事柄をころころと変えられることも珍しくはなく、ですから過度な物忘れも、実のところはお忘れになったのではなく、ただお考えが変わっただけではないかと、我々は拝察しておりました」

多紀は静かにうなずいた。外からは依然、風に乗って、かろやかな笛の音と明るい田植え歌が聞こえてくる。

「六代様がそのようにお気持ちを乱し、お心が休まることがないのは、この北見の風土とそこに育つ人心が、あまりお気に召さぬせいではないかと考える向きもございました」

多紀がちらりと思っていたのと似たようなことを、庄三郎も口にする。

「六代様お国入りの行列があったころ、多紀殿は——」

「わたくしも城下におりました。井川の家の嫁でございましたから」

庄三郎は白い歯を見せて笑った。「そう、多紀殿の花嫁姿は、まさに天女のようでございましたな。あの当時、井川殿が妬(ねた)ましいという歯ぎしりが、教文館(きょうぶんかん)でも秋月館(しゅうげつかん)でも喧(やかま)しゅうて喧しゅうて」

教文館は北見藩の藩校、秋月館は重臣や上士の子弟が通う剣術と槍術(そうじゅつ)の道場である。

「もったいないお言葉でございます。わたくしはとんだ至らぬ嫁でございました」

「いやいや、縁というものは、人の知恵ではどうすることもできません。不縁となったのは、多紀殿の咎(とが)ではござらん」

実のこもった口調は、庄三郎自身がその縁の導きで、睦(むつ)まじい妻を得た今だからこそのものだろう。多紀は少し寂しくなり、そういう自分の心根を恥ずかしいと思った。

「申し訳ない。このような話を持ち出しましたのは、六代様の勇姿を仰いだとき、私がとっさに、多紀殿の花嫁姿と重ね合わせたことを思い出したからでござる」

お美しかった、と言う。

「この世のものとは思われぬほど美しいお姿でござった。我らが若殿はこのように美々しいお方だったのかと、私は深く心を揺り動かされたものです」

しかし――と、庄三郎は目を伏せる。

「美しいものは、往々にして儚(はかな)いものです。六代様のお心は、あの美しいお姿につり合った、壊れやすきものであらせられたのでしょう。この北見のような険しい四季を持つ土地に根をおろし、幹を太らせ枝を張り、その下(もと)に家臣領民を束ねて守るという重責には堪え得ぬ脆(もろ)さがあったのでしょう」

言ってから、これは父の言葉の受け売りでござると首を縮めた。

「しかし尚正様は、北見に生まれ明野を治め、この土地の隅から隅までを知り抜き、愛着をお持ちのお方でござる。春の突風も、夏の旱(ひでり)も、秋の長雨と千川の氾濫(はんらん)も、冬の木枯らしと雷害も、己の掌のなかに収めて泰然としておられる。ですから多紀殿、我が藩は安泰です。何も案じられることはありません」

　庄三郎の優しい言葉に、多紀も微笑んだ。その笑みが嬉しかったのか、彼は急に剽げて、わざとらしく厳めしい顔をつくった。

「ご安心めされた上は、この小野庄三郎が多紀殿を相手にこのような暴露をいたしたことは、固く内密に願いますぞ。小野めが、ご一門の尚正様ならば、何かというと今望侯の御遺徳を引き合いに出し、北見家の歴史が、家格が、御家の面目がと口うるさいご家老衆をいなす術にも長けておられると軽口を叩いたことも、ゆめゆめ他言なさいますなよ」

　なるほど、事情通の奥祐筆のあいだでは、そのような評が飛び交っているのか。

「はい、固くお約束いたします」

　笑顔のまま多紀はうなずいて、茶を淹れ代えるためにするりと立った。

「あの……伊東家は、その後どのようなことになっているのでしょうね」

「城南の一番筋の屋敷は、既に空き屋敷になっておりますよ。勘定方筆頭の田中様が屋敷替えをなさるとか」

「伊東様の妻女は自刃されたと聞きましたが、お子様はいたのでしょうか」

「嫡男がおります」と言って、庄三郎は口をへの字に結んだ。「一時は行方知れずになっていたそうですが、今は脇坂様が身柄を預かり、ご親族が住職を務めておられる寺に住まわせているとか」

一之助は生きているのだ。安堵のあまり、多紀はちょっと膝ががくがくした。

――よかった。美乃殿の忠心は無駄にならなかったのだわ。

「円光寺という、ここからそう遠くないところにある寺でござる。多紀殿もご存じではありませんか」

多紀は空とぼけた。「さあ……。猪助なら知っているかもしれません。それにしても、家中では伊東様のお子のことまで噂になっているのですか」

「あの伊東の子ならば面憎くもあり、孤児となれば哀れでもある。皆、心中複雑なのですよ」と、庄三郎は苦笑した。「私は、そのまま仏道に帰依してくれるのがいちばんだと思っております」

多紀も同じ気持ちだ。何も知らぬ子に罪はない。美乃のためにも、心のなかでそっと手を合わせた。

「家中で、一時とはいえ伊東様――伊東成孝の権勢を慕っていた方たちにも、重い処分が下されるのでしょうね」

「むろん、それぞれ虎の威の借り具合によって、蟄居閉門、御役御免や減俸の憂き目に遭うことはあるでしょう。伊東という親玉が呆気なく切腹して果てた以上、それに与した身に覚えのある者は、粛々と処分に従うほかござらん」

そうそう――と眉をひそめ、

「伊東の妻の父は小納戸役を務めていましたが、家禄召し上げのうえ領内追放の沙汰を受け、切腹したとか」

にわか権力者の御用人頭にすり寄ろうと娘を差し出した挙げ句に、当の娘は自刃、自らも命を失い、家は絶えてしまったのだ。

淹れ代えた茶で口を湿すと、庄三郎は多紀を励ますような口調になった。

「だが城内も城下も、もうすっかり凪いでござる。多紀殿も城下にお住まいであれば、日々、そこに吹く新しい風を感じるはずです。それはちょうど、ほれ、この田植え歌のような活気のある風だ」

北見藩家中に生じた成り上がり者の御用人頭という悪い腫物を切り取るためには、一度は血を流さねばならなかった。だが、血なまぐさい騒動は速やかに終わったのだ。今の北見藩は、新藩主の治政の下にある。

多紀の心は揺れた。わたしももう、余計なことを思い煩うのはやめていいのか。美

乃の泣き顔を忘れ、一之助のつぶらな瞳を忘れ、

――思いあたる節はない。

重く言い切った父の言葉を信じて。

庄三郎は続けた。「押込という言葉には恐ろしい響きがありますが、六代様は城中から五香苑にお移りになり、医師の付き添いのもと、静かに療養しておられるのです。そちらにも、何も剣呑なことはござらん」

五香苑は、領内の北部にある藩主の別邸だ。山中の小さな湖のほとりに立つ館で、その庭には、四季折々に五種類の花々や果実が香り高く咲き実るという。

「御正室様は――」

「江戸表で、美福院様の庵におられるそうでござる」

美福院は今望侯の正室、重興の母親である。

「しかし、今後はどうなることでしょうな。事情が事情だけに、いつか病が癒えるときがくるとしても、六代様の御再勤があるとは思えません。御正室様は生家にお戻りになるのではないかという観測が専らでござる」

重興の正室は、西国の、北見藩と同じくらいの格の譜代大名の姫である。重興が藩主となってすぐ起こった慌ただしい縁談で嫁いできて、確かそのころは十八、九歳だ

ったはずだ。

ここにも一人、結ばれたはずの縁に裏切られた女人がいる。いや、乱心していると

いう夫から解き放たれて、西国の姫君は、むしろその方が幸せだろうか。

人の縁と人の運。結ばれては切れ、開けたかと思えば閉ざされる。願うようにはな

らないし、願わぬ方にばかり流されてゆくようだ。

それを思うと、多紀の口の堰が切れた。

「小野様、おかしなことを尋ねる女だとお思いになるでしょうけれど、ひとつお聞か

せくださいませ」

思い詰めた多紀の語気のせいか、庄三郎は湯飲みを手に、軽く目を瞠った。

「父が――あるいは兄が、もしや伊東成孝と何かしらの関わりがあったということは

あり得ますでしょうか。小野様がご存じの限りで、そのような機会がございましたで

しょうか」

少しのあいだ、庄三郎はぽかんとしていた。ちょうど田植え歌がやみ、あたりが静

かになったので、沈黙のうちに聞こえるのは、抑えきれない多紀の不安な息づかいば

かりだ。

「な、何をおっしゃるかと思えば」

湯飲みを盆に戻して、彼は座り直した。

「それはぜんたい、どういうご心配でござるか。何か根拠が」

「理由は申し上げられません」

素早く、多紀は遮った。

「申し上げられませんから、どうぞお尋ねにならないでくださいまし。本当はもっと遠回しにお伺いしようと思っていたのですが、わたくしも心が騒いでしまって」

声が詰まり、多紀は胸に片手をあてた。

小動物のそれのように愛らしい黒目をくるりと回してから、庄三郎は言った。

「およそ、考えられませんなあ。私には思い当たりませんし、そのような機会があり得たとも思われません」

多紀は思わず、はあ、と気の抜けたような声を出してしまった。

「城内の、それも殿のお側に仕える御用人頭と、領内各地で役務に励む作事方とは、水鳥と土竜ほどにもかけ離れてござる」

また剽げたふうに言うが、庄三郎は真剣に考えてくれている。

「無論、各務殿は六代様お国入りの際に城内でお目見えを賜っていますが、そのころはまだ、伊東は御用人頭に登用されておりませんでした。ですから、まずそこで出会う機会はござらん」

念を押すように、指を立てて言う。

「彼奴が殿のお側近くに仕えるようになったのは、あの年の霜月（十一月）――いや長月（九月）の末だったろうかな、六代様が野駆けにお出かけの際、五香苑にほど近い片野庄というところで、何に驚いたのか乗り馬がにわかにいきり立ち、六代様をお乗せしたままやみくもに走り出すという椿事がござってな」

そのとき、とっさのことに出遅れた随行の家臣たちを尻目に、野原を蹴り頭を振り立てて暴走する重興の馬を追ってまっしぐらに馬を走らせ、首尾良く乗り移って危ういところを救ったのが、片野庄に暮らす郷士の若者、後の伊東成孝だったのだという。

「六代様はその果敢なふるまいにいたく感じ入られ、その場で彼奴をお取り立てになったのでござる」

その際は、伊東の身分は馬廻役の下役（見習い）だったが、城内と藩主の身辺を警備するその役務で、その後も何度か野駆けにお供するうちに、重興はいっそう彼を気に入り、御用人の一人として常に傍らに置くようになったのだという。

「そうした事情さえ、各務殿は、つぶさにはご存じなかったのではないかなあ。当時は、千川・永池の灌漑用水工事の土固め（土壌調査）と測量のために、ずっとあちらに滞在しておられたはずですから」

　覚書にはそう記してあった、と言う。

「私の記憶では、その土固めが終わったあたりで、各務殿は総一郎殿に家督を譲られた。そして総一郎殿が各務家の新たな戸主として六代様にお目見えを賜ったときには、伊東も御用人頭に昇り詰め、六代様に代わって政務を采配し始めていたと思いますが、さて」

　歳若く軽輩の、一作事方にすぎない総一郎に、そんな御用人頭と関わりの持ちようがあったか。

「作事についての相談であれ、勘定（予算）の談判であれ、御用人頭と渡り合うのは作事方の上席の役務。総一郎殿は、伊東と言葉を交わしたことさえないでしょう」

　庄三郎は思い出したように苦い顔をした。

「そういえば彼奴は、己は殿の名代なのだから、城内では寄合以下の家臣の直答を許さぬとほざいて、脇坂様と野崎様を激怒させたことがござる」

　そのような人物ですよ――と、またちんまりした黒目を回してみせる。

「各務殿にも総一郎殿にも、関わる機会などござらん。百歩譲って、おそろしい奇遇でそういう折があったとしても、伊東はお二人がもっとも忌み嫌う種類の人物でした。

進んで誼を通じるとは思えません。多紀殿もそう思われませんか」

多紀は、胸に当てていた手をすとんと膝の上に落とした。

「――はい」

またぞろ気の抜けたような声が出た。それがおかしかったのか、庄三郎は笑った。

「ならば、ご安心いただけましたか」

多紀は姿勢を正し、床の上に指をついて頭を下げた。

「はい、ありがとうございました」

そこが話の潮時だった。

思わぬ長居をしてしまったと、慌てて帰り支度をした庄三郎を、多紀は生け垣の外まで見送りに出た。隠居所から見渡す田圃は、早苗の列に彩られている。

あぜ道の先から、今日の作業を終えた猪助がこちらに帰ってくる。庄三郎の姿に気づき、曲がった腰をいっそうふかく折って一礼する猪助に、彼と一緒にいた村人たちも倣った。庄三郎は笠の縁に手をかけて応じ、多紀も会釈を返す。

「村の者たちに交ぜてもらって、わたくしも田植えを習おうかと思っているのです」

前から考えていたことだが、ふっとくちびるにのぼってきた。

「田植え歌も覚えたら、きっと楽しいことでしょう」

庄三郎は微笑した。「多紀殿のお心のままになされればよろしいと思いますが、この際ですから、私も僭越なことをひとつ申し上げましょう」

再縁をお考えくだされ、と言う。

「お父上のお世話に専心されるのは、親孝行の鑑です。だが多紀殿には多紀殿の人生がござる。一度渋柿にあたったからといって、この世の柿の木には渋柿しか生らぬと見限ってしまうのは勿体ない」

まあ、と多紀は吹き出した。「わたくしの先夫は渋柿でしたか」

「大きな渋柿でしたろう。皮は甘かったかもしれませんが」

愉快そうにひと笑いして、庄三郎は帰っていった。

三

長尾村の田植えがすっかり終わると、それを待っていたかのように、雨が降り始めた。梅雨入りである。

数右衛門はまた文机に向かう日々を取り戻し、多紀の日常も元に戻った。

兄の総一郎から文が届いたのは、水無月（六月）半ばのことである。葉月（八月）

には、いよいよ新藩主の北見尚正が江戸に上る。その行列に供して、彼も出府することになったというのだった。

「御役替えになったわけではない。ただ、一度は行列に連なり、江戸藩邸の様子ぐらいは知っておくのが家臣の務めだと、上席の河野様からご命令があったそうだ」

文を読んで、数右衛門が教えてくれた。

「しばらく藩邸に留まるのでしょうか」

「いや、総一郎のような無骨者に江戸見物をさせて養うほど、あちらも余裕はなかろう」

よろずに諸式（物価）が高いので、江戸藩邸の切り盛りは大変だということぐらいなら、多紀も知っている。

「此度の殿の出府は、それだけでも費えが増える。今年は豊作だといいのだが」

そう言って、数右衛門は縁側から外の景色を見渡した。今日は曇天ながら雨はなく、雲の切れ目からときどき陽がさしている。

「兄上の無骨者ぶりは、お父様譲りですわ。でも作事のことばかりで頭がいっぱいのお父様でも、お金のやりくりを案じたりなさいますのね」

「何を言う」

数右衛門はちょっと本気でムッとしたようである。

「他のどんな事よりも、作事には金がかかる。藩の内証に通じておらねば、図面の一枚も引くことはできぬのだぞ」

「それはわたくしが軽率でございました。お詫びいたします」

老父をからかってはいけない。

「殊勝だの。どれ、たまには散歩にでも行こうか」

数右衛門が機嫌を直して腰を上げた。多紀にもついてこいというのは珍しい。

猪助に留守を頼んで、二人で外へ出た。

多紀は、数右衛門があるいは円光寺に足を向けるのではないかと思ったが、思い違いだった。父は、長尾村の集落がある東の方へと踏み出した。

数右衛門が前に、多紀はその肘の後ろに付き添って、二人でゆっくりとひろい歩いてゆく。あぜ道の左右に植えられている枝豆は、そろそろ身がふくらんでいる。

しばらく無言で散歩を楽しんだ。あちこちで案山子が剽軽な顔を風にさらしている。

「私の覚書は、八割方書き上がった」

穏やかな口調で、数右衛門が言い出した。

「この田の実りを刈り取るころには、すべて仕上がるだろう」

秋になれば、数右衛門の仕事は終わるということだ。

「ご苦労様でございます」

うむ――と言って、数右衛門はまた少し黙った。それから言った。「折を見て、おまえも城下へ行っておいで。皆で佐恵(さえ)の墓参りも頼む」

佐恵は数右衛門の妻、多紀の実母である。多紀が十五歳の夏に没した。役務一途(いちず)の夫を支え、各務家をよく切り盛りしたそれこそ良妻賢母の鑑のような人だったけれど、その死は唐突だった。風邪を引き込んだのがきっかけで、あらあらと案じているうちに逝(い)ってしまったのだ。

当時の父の、どれだけ堪えても堪えきれぬという押し殺した慟哭(どうこく)に、多紀も泣いた。総一郎も泣いた。母の思い出は、今も片時とて心から離れたことはない。

「お墓参りなら、嫂(あね)様が心がけてくださっていますわ」

「だが、おまえは私の世話に追われ、ずいぶんと参っていないだろう。城下の賑(にぎ)わいが恋しくなることもあろう」

「いいえ、ちっとも」

多紀は足をとめ、長尾村を見渡した。

「お母様も、わたくしがお父様と一緒にこの村にいることを、きっと喜んでいてくださると思います」

ここは、数右衛門と佐恵が出会った場所なのである。

ざっと三十年は昔のことだ。千川中流の流域のこのあたりから、堤の造成と新田開拓の作事は始まった。若き日の数右衛門はその役務のため、今よりはずっと小さな集落で、もっと山並みに近いところにへばりついていた長尾村の屯所に暮らしていて、佐恵と知り合ったのだった。

佐恵は、数右衛門の当時の同輩、田島角兵衛の姉だった。角兵衛が不慮の怪我で療養しているところへ看護のためにやって来て、それを数右衛門が見初めたのである。

「お父様も、わたくしと同じように感じておられるのではありませんか」

だからこそ、ここに隠居所を定めたのだ。

数右衛門はその問いには答えず、しばらく多紀と一緒に佇んでから、言った。

「このあたりの土地は、千川があるから耕作には適しているのだ。しかし千川は、何年かに一度、思い出したように暴れる川だ。それも、氾濫するたびに細い支流をこしらえるような気まぐれな暴れ方をする。何とかしてそれを手なずけ、土地の者たちが心安んじて農事に打ち込めるようにすることが今望侯のお望みであった」

英明なお方であった、と呟く。

「慈悲の心をお持ちの仁者であらせられた。そのお子の重興様も、きっと父君と同じ仁政を敷く名君になられたろうに」

「おっしゃるとおりと思いますが、話がそれていますわ。お母様の思い出話をするのがそんなに照れくさいのなら、もう聞きません」

多紀は笑って、両手を軽く広げて深呼吸をした。湿った土と、雨を浴びて日ごとに伸びてゆく早苗の青い匂いがする。

「わたくしはこの村が好きです。だって――お父様はご存じないと思いますが」

すぐそばに、こちらに横顔を見せて、案山子が一本立っている。多紀はそれを指さした。

「わたくしが隠居所へ来たばかりのころ――鋤で土を掘り起こすよりも、自分のくるぶしを叩く方が上手いようなころでしたわ。猪助に、案山子が怖いと言ったのです」

町育ちの多紀は、まじまじと案山子を見るのは初めてだった。人に似せて作られていながら明らかに人ではないその姿、とりわけ、藁の束が剝き出しでのっぺらぼうの顔が恐ろしくてたまらなかった。

「するとそれからすぐに、村中の田圃に立つ案山子に顔がつきました。猪助が村でその話をして、皆で手分けしてつけてくれたのです」

端布を縫いつけたり、木の実を突っ込んだり、炭のかけらを目に見立てたりした、可笑しな顔ばかりだった。

「何て優しい人たちなのだろうと、わたくしは胸がいっぱいになりました」

数右衛門は言った。「おまえこそ知らぬだろう。村長の孫は、案山子のなかにはご隠居様のお顔そっくりにしたものがあると教えてくれたよ」

「そんな気難しい顔の案山子がいたかしら」

二人で笑って、父娘はまたゆったりと歩き始めた。

それから間もなく、多紀は思い知ることになる。父とのあの温かなひとときは、この小さな土地神が、妻を失い寂しく老いてゆく男と、出戻りで歳を重ねてゆくその不遇な娘のために、ひっそりと設けてくれた別れのひとときだったのだ、と。

各務数右衛門は、その日の夜更けに、文机の前から娘を呼んだ。多紀は、かろうじて片腕を畳について身を支えている父を見つけた。その顔は月よりも蒼白で、着物ばかりか円座にまで染みるほどの下血を起こしていた。既に意識はもうろうとしていた。手のほどこしようがなかった。城下から呼び寄せた医師は、脈を診ただけで、沈痛な面持ちで首を横に振った。

二日後の朝まだき、長尾村の隠居所で、各務数右衛門は不帰の人となった。享年五十三。覚書を書き上げることはかなわなかった。

葬儀は、城下の各務家で執り行われた。

弔いを終え、作事の場に赴く兄を見送ると、多紀は一人で長尾村に戻ってきた。

あのとき願ったように、ずっとここに住み続けることはできなくなった。だがまだ隠居所の片付けがあるし、数右衛門が遺した覚書の草稿や、旧い図面などをきちんと小野庄三郎に引き渡すという仕事も残っている。

誰か手伝う者を連れてゆけと言い張る嫂を宥め、赤子をあやしてつい時を費やしているうちに遅くなってしまった。霧のようにこまかな雨を笠に受けつつ、多紀が隠居所に着いたのは、午近くになってのことだった。

すると、怪訝なことが起きていた。留守を頼んでおいた猪助の姿が見えない。かわりに、葬儀で顔を合わせたばかりの縁者ではあるが、ここを訪れる理由がとんと見当たらない人物が数右衛門の居室にいて、堅苦しい顔つきで文机のまわりのものを眺めている。

田島半十郎。田島角兵衛の次男である。多紀にとっては母方の叔父の息子、従弟だ。歳は三つ下の十九歳である。

田島家の紋所の入った羽織に裁付袴、見れば、縁側には笠が立てかけてある。

「多紀殿」

戸惑っている多紀を見つけると、ほっとしたように、彼の方から声をかけてきた。

「今日、こちらにお戻りだと聞き合わせていたのですが、何か所用がおありでしたか」

その声音も表情も、どこかぎこちない。

「はい、少し手間取ってしまいました」

「お留守のあいだに上がり込むのは申し訳ないと思いましたが、ここにはまだ伯父上の気配が残っていますね。懐かしくて、つい惹かれてしまいました」

「かまいません。お待たせして失礼をいたしました」

半十郎の方こそ、所用があるのなら、城下で機会があったはずである。なぜわざわざここで多紀を待っていたのか。

長く訝る必要はなかった。半十郎は、若々しい顔に痛ましいほどの緊張をにじませて、こう切り出した。

「実は、私は多紀殿をお迎えにあがりました。これから、少々遠方へ出向いていただかねばなりません」

だから彼は旅装なのである。

「急ぎお支度を願います。この隠居所のことは、小野庄三郎殿にお任せすることになっております故、御懸念なく」

明日には、庄三郎が小者（使用人）を連れて来て、一切を取り片付ける手はずになっているという。

「でも、あの……」

「多紀殿、今は詳しくお話をしている暇がございません」

明らかに焦れて、それでいて何故かひどく辛そうに、半十郎は太い眉をしかめている。

「このような段取りをとることになったのは、この一件について、余人に知られぬ方がよいからです。これから多紀殿が何処へ行かれ、そこにどのような事情が纏わりついているのかを知る者は、極力少ない方がよい。怪しまれるのも無理はありませんが、どうか私を信じて共においでください」

私は――と言って、半十郎はちょっとつっかえた。

「このとおり部屋住の若輩者でござる。しかし父と兄より命を受け、この事に当たる覚悟を固めて参上しました」

彼の父・田島角兵衛は、姉が各務数右衛門に嫁いだ後、作事方から検見役へと御役替えになった。検見役とは領内の作柄を調べて年貢や徴用の多寡を決める重要な役職であり、その役務の性質上、村落にとっては目付のような存在にもなる。

角兵衛は身体壮健で、今もその役職に就き、嫡男つまり半十郎の兄も下役として精勤している。次男の半十郎は確かに無役の身分だが、秋月館では槍術の名手として知られる麒麟児であり、早晩いい養子縁組先が見つかるだろうと、数右衛門が話していたことがある。

その麒麟児が、悲壮なほどの顔つきで言う。

「多紀殿の御身は、伯父上伯母上の御霊に誓い、この半十郎が必ずお守りいたします」

問いかけるのも応じるのも、すぐには言葉がない。多紀が声を呑んでいると、半十郎は身を絞るようにしてさらに続けた。

「できることならば、各務家の皆様を巻き込みたくはありませんでした。父も切にそう願っていたのですが、事態は急迫しており、伯父上亡き今、多紀殿にはどうしても」

そのくだりで、水をかぶって目が覚めたようになり、多紀は彼の言に割って入った。

「わたくしどもが何に巻き込まれるというのですか。父はもうおりません。兄の身に、何か大事が迫っているのでしょうか」

半十郎は多紀の目に目を合わせると、口の端をいったん強く引き結んでから、言った。

「そのようにならぬために、多紀殿においでいただきたいのです」

多紀は背筋が寒くなった。彼が「当たる」という「この事」とは何だ。何が急迫しているというのだ。

——まさか。

美乃と一之助を助けたことが露見したのか。

いや、それならば各務家が「巻き込まれる」はずはない。むしろ田島家の方が、数右衛門と多紀のしたことのせいで迷惑を被る側になるはずだ。

「どうか多くを問わず、お支度を願います」

頭を下げる半十郎は、額にうっすらと汗をかいている。

子供のころの彼はわんぱく者で、次男の気軽さもあってか、よく各務の家に遊びにきた。よろずに厳しい自分の母親よりも佐恵の方に懐いていて、伯母上、伯母上と慕い寄り、総一郎とも多紀とも仲がよかった。理の通らぬことや弱い者いじめを嫌い、だから藩校でも道場でも必然的に喧嘩っ早かった。一本気なのだ。

佐恵が亡くなり、多紀も嫁ぐと、各務と田島の家の往来は細ってしまった。が、幼かったころのそうした親しみを、多紀も忘れたわけではない。半十郎の気性も知っている。

それに、父と兄の命を受けている以上、半十郎はまず田島家を背負っているのだ。悲壮な顔は、その重み故だ。さらに荷を加えてはいけない。

「かしこまりました。どこへなりと参ります」

多紀の返答に、半十郎は一瞬、顔をくしゃくしゃに歪めた。

急いで身の回りのものを取りまとめ、半十郎に従って長尾村の辻まで出ると、後ろから猪助が追いついてきた。息を切らし、足を引きずって駆けてきた老農夫は、半十郎の険しい顔を見ると道端に土下座して、

「お許しくだせえまし、お許しくだせえまし」と声をあげた。

それだけで何も言えない。猪助なりに、多紀の身に何か起きつつあると察して、追いかけてきてくれたのだ。

半十郎が小声で、多紀に言った。「私が隠居所から追い払ったのです」

余人に知られてはならぬやりとりをするためだ。よほど厳しく追いやったに違いな

い。

「挨拶だけさせてください」

多紀も小声で素早く言うと、猪助に駆け寄り、しゃがみこんでその痩せた手を取った。

「しばらく留守にします。隠居所の後片付けは、小野様が取り仕切ってくださるそうですからね。ときどきおいでになっていた、あのお優しい方ですよ。お手伝いを言いつかったら、よろしくお願いしますね」

猪助は、「へえ、へえ」と平伏する。

「いろいろ世話になりました。達者でいてください」

まるで永の暇をするかのようだ。いや、多紀は覚った。「まるで」ではない。自分はたぶん、二度とこの村に戻ってくることはない。何かそれほどの事に、もう巻き込まれているのだ。

震える猪助の手をそっと放すと、微笑んで、言った。

「案山子に顔をつけてくれて、ありがとう」

辻から先の一本道を、ずいぶん歩いてから振り返ってみた。猪助はまだそこにいた。

短いあいだではあったけれど、長尾村ですごした楽しい日々が、人の形をとって見送ってくれている。多紀はそう思った。

半十郎に従い、まず隣村に向かった。着いてみると、驚いたことに、そこでは馬が待っていた。半十郎は葦毛にまたがる。多紀は栗色の艶やかな馬体に付けた鞍に身をあずけた。藍色のお仕着せを着た中間らしい男が、その馬の手綱を引く。そのころにはうっとうしかった霧雨がやみ、雲も切れてきた。二頭はしっかりとした足取りで、山道へと分け入っていく。

途中で一度、馬に水をやるために小休止をとったが、もう他の集落には立ち寄らなかった。進むにつれて森は濃くなるが、ゆるゆると登ってゆく道はきちんと均されていて、ぬかるみには荷車の轍も残っていた。

半十郎はときおり多紀を気遣ってはくれるが、言葉は少ない。お仕着せの男はまったく無言だ。ただ黙々と進むなかでも、両者の気が急いているらしいことは感じ取れた。こうなった以上は、どこに行き着くのか早く知りたい気持ちは、多紀にもあった。

梅雨明けも間近、雨さえやめば、六月の陽は長い。

規則正しい馬の鼻息が快く、多紀はときどき手を動かして、そのたてがみを撫でた。長尾村にも馬がいたが、働き手として村人たちに大事にされていて、多紀のように不慣れな者がおいそれとかまうことは憚られた。

北見藩には、今望侯が布いた「人馬一口令」がある。人も馬も同じひとつの口として数える、つまり同等の命の価値があるものとして遇せよという法令だ。十人力の馬が人と同じというのは計算が合わないようだが、ここで「人」と定義されているのは士分以上の者のことで、足軽、中間、農民町人商人はもちろん、女子供も勘定には入っていない。

北見藩は馬の産地ではないが、城下町は江戸に南部馬を売りに連れてゆく馬喰たちが通る道筋にあり、そのため昔から良質な馬種が集まる。いい馬は高価だ。だからいっそう大切に養われる。村落の農耕馬の大半は、お城で騎乗用に飼われていた馬が年老いて各地の庄屋に下されたものと、その裔か、よほど気質が荒かったり毛並が悪かったりして、城下から追われたものたちである。

この馬も若くはないようだけれど、聞き分けがよくて賢そうだ。どこの馬なのだろう——

ぼんやりと考えていた多紀の目を、あえかな夕陽を映して涼やかに光るものが射た。

水面だ。森の木立の向こうに、湖が透けて見えている。

淡い茜色の陽の下を、馬は進んでゆく。前をゆく半十郎は振り返らない。多紀は、森の木立を優しくそよがせる夕風のなかに、かすかに甘い香りを感じた。枇杷(びわ)だ。

この馬が目指している場所がわかった。湖のほとりに、寺社のような重々しい瓦(かわら)を戴(いただ)いて、ひっそりと建つ館──

五香苑だ。

第二章　四人

一

台所で挽(ひ)き臼(うす)を回しながら、昔おっかさんが唄(うた)ってくれた子守歌を思い出そうとしていたら、おごうが急ぎ足でやって来た。

「お鈴(すず)、お客様がお二人いらしたよ」

そういえばさっき、馬の足音がしていた。

「お夕食を差し上げるから、おむすびを作っておくれ」

「へえ」

お鈴はすぐ取りかかった。お櫃(ひつ)には二合ほどの白飯が入っている。

おごうはお茶の支度を始めた。そこへ、藍染(あいぞ)めのお仕着せ姿の寒吉(かんきち)が、勝手口の戸を引き開けて入ってきた。くたびれたような顔をしていたのに、おむすびを見ると嬉しそうに笑う。

「お、いいところに来た、いただき――」

お鈴とおごうは口々に言った。

「お客様のだよ」

「寒さんのじゃないよ」

「いいじゃねえか、ひとつくらい」

手を伸ばしてきたので、お鈴はおむすびを載せた皿を遠ざけた。

「寒さんのはあっち」

おごうは、もうひとつの大きなお櫃の方へと寒吉を追いやる。

「やれやれ、連れないねえ。俺は昼飯も抜きで、ずっと歩きっぱなしだったんだぞ」

どこかへお使いに出かけていたらしい。

「あたしもお鈴も働きっぱなしだよ」

寒吉はへらへら笑っているし、おごうも本気で怒っているわけではない。ぽんぽん言いながら、土瓶で番茶を淹れる。その合間に、もうひとつのお櫃から手づかみで冷や飯を食べ始めた寒吉の手をぺんと叩いた。

「行儀が悪いよ！」

おむすびを作りながら、お鈴はくすくす笑ってしまった。

今、ここ五香苑には、十五人の人びとが暮らしている。お館様と石野様、白田の若先生のお三方と、館を守る衛士が五人。寒吉のようなお仕着せの奉公人が四人。それと女中のおごうとお鈴に、ずっと前からここの家守をしている五郎助じいさんの三人だ。お館様と石野様と若先生のお食事には白い飯を炊く。その他の者たちには、粟や稗が七、白米が三の割合の雑穀飯を炊く。毎日のように芋も蒸かすし、粟餅や蕎麦団子もこしらえる。

台所仕事をするのはおごうとお鈴だ。白飯のお三方は別として、他の者たちは一汁一菜のつましい食事だが、二人ですべて調えるのだから、賄う方は目が回るほど忙しいし、賄われる方だって、いつも腹一杯食えてはいないだろう。今朝もおごうがそうしていたのお城からお客様が来ると、白い飯を増やして炊く。今朝もおごうがそうしていたので、またお客様だなと、お鈴も察していた。

お鈴は館の奥の間へ行くことはほとんどないし、お客様があるといつも以上にひっそりと目立たないように立ち働くので、外からどんなお方が来ているのか、とんと見当もつかない。ただ、そういうときには、おごうはもちろん、衛士のお侍さんたちも寒吉たち奉公人も、みんな張り詰めた顔をするので、きっと偉いお方なのだろうと思う。

——でも今は、おごうさんも寒吉さんも、そんなにぴりぴりしてないなあ。

着いたばかりのお客様は、さほど畏れ憚らなくてもいい身分の方なのか。

衛士の詰め所と奉公人たちの溜まりには、半刻（約一時間）ほど前に夕食を運んだ。雑穀飯のおむすびを詰めた重箱と、小芋と山菜の味噌汁の大鍋だ。寒吉が台所へやって来たのは、それを食べ損ねてしまったからだろう。大きなお櫃を舐めるように空っぽにして、まだうそうそと台所を見回している。

「おう、お鈴は蕎麦粉をひいてたんだな。じゃあ、蕎麦団子——」

「明日ね」

寒吉はちぇっと舌を鳴らした。

しょうがないねえと嘆いて、おごうは言った。「お鈴、おむすびをやって。このまんまじゃこの人、腹っぺらしの生霊になりそうだからさ」

「おお、有り難や、神様仏様おごう様」

お鈴が皿に並べたおむすびに、寒吉は嬉しそうにかぶりついた。おごうは湯飲みを載せた角盆を手に、土瓶を提げて奥へ行った。

お鈴は空になったお櫃を片付け、お客様のためのおむすびを小皿に載せて、漬け物を添えた。申し訳ないが、今日はもう他には何にも残っていない。

と、寒吉が台所の隅を指さした。

「あれはどうだい」

目笊に入れてある枇杷の実だ。

「さっき俺が案内してきたお客は——まあ、客なのかどうかわからねえが、一人は女だよ。甘いものが好きじゃねえかな」

お鈴は目をぱちくりした。「女の人？　じゃあ、ここで働くのかな」

「いンや、どっかの奥方様かお女中だ。お女中ったって、おめえやおごうとは違うなぁんだ。ほっとしたような、がっかりしたような気がした。

お鈴は枇杷の実のなるべく形のいいものを選って洗って、底の浅い木の器に盛った。箱膳をふたつ出し、布で拭ってから、おむすびの小皿と箸、枇杷の器を入れる。鉄瓶に水を容れ足していると、おごうが戻って来て箱膳を覗き、

「おや、きれいだね」

にっこりと褒めてくれた。

「お客様のお一人は、女の方だよ。枇杷がお好きだといいね」

うん、とお鈴はうなずいた。「寒吉さんが、お女中だって」

おごうは横目で寒吉を睨んだ。

「おしゃべりだねえ」

「自分だってしゃべってるじゃねえか」

寒吉はいつの間にか枇杷をむいて食いついている。

「うん、小さいけど甘いぜ」

おごうは腰に手をあててそれを眺めていたが、ふんと鼻息を吐いて、お鈴に向き直った。

「あのね、お鈴。そのお客様だけど、お泊まりになるからね」

こんな時刻に着いたのだ。別におかしなことじゃない。だが、おごうは渋い顔つきをしている。

「女の方のお世話は、あたしがしないとならない。だからあんた、しばらくうんと忙しくなるし――」

「平気だよ、おごうさん」

今度はお鈴の方がにっこりしてみせた。

「でも、用心のために手ぬぐいでほっかむりしとこうか」

するど寒吉が言った。「おめえがそんなことを気にするんじゃねえ」

枇杷の汁で口元が濡れているが、言葉つきはきっぱりしていた。

「ん、そうだよね」

おごうはうなずき、箱膳を重ねてそそくさと奥へ運んでいった。

二人になると、寒吉はお仕着せの裾でちゃっちゃと手を拭い、腰を上げた。

「さて、馬の足を洗ってやらんとな。道々、けっこうぬかるんでたから」

お鈴もやりかけの仕事に戻る。あともう一袋分、蕎麦粉をひかねば。

「でも、そろそろ梅雨も明けるよね」

「そうだな。一度か二度、大雨と雷があったら明けだ」

言って、何気なく言い足した。「こういう天気のときは、おまえ、傷が痛むんだろ。若先生から薬をもらってるか」

「今年は、ほとんど痛くないんだ」

お鈴は指で、そっと顔の右側――額から頬、首筋の方まで触れてみせた。

「一年経つごとに、痛いのが少なくなってきてるんだ。それだけよくなってるんだって、若先生はおっしゃってた」

そうか、と寒吉は言った。「そんならいい。けど、我慢はするなよ」

そして勝手口から出ていった。

お鈴はまた、挽き臼を回し始めた。

お鈴は、五つのときに家と家族を失い、北見藩の施薬院〈慈行寮〉に引き取られた。当時のことを、自分ではよく思い出せない。まだ小さかったし、ひどい火傷で死にかけていたからだ。

おごうはそのころもう寮で働いていて、お鈴がよくなるまでずっと世話をしてくれた。以来九年間、お鈴のおっかさん代わりだ。寒吉はもともとは藩医の白田家の家人で、三年前、若先生が遊学先の長崎から帰って慈行寮にいらした時にお供してきて、そのまま居着いてしまった。お鈴は二人の歳をはっきり聞いたことがないが、たぶん三十かそこらで、おごうの方がちょっと年上だと思う。

おごうはときどき口うるさいし、寒吉は自分が不機嫌だとお鈴に当たり散らすこともあるけれど、たいていは優しい。誰かがお鈴のことを気味悪がったり、からかったりすれば必ずかばってくれる。

お鈴は北見城下の職人町筋で生まれた。父親は鋳掛屋を営んでいた。妹と弟が二人いて、母親はいつも忙しかった。

お鈴が五つの年の師走の中頃、山おろしが吹きすさぶ日に、城下町に近い山林から落雷による山火事が出た。北見領には雪はめったに降らない。骨まで凍える強風と、つきたての餅が二日でひび割れるというほどのカラカラ天気と、まさしく青天の霹靂の雷害が難物であり名物だ。この時の山火事では、劫火は城下町のいちばん外側に位置する職人町筋にまで燃え広がった。

お鈴の家族は、その火事で焼け死んだのだ。職人町筋の人たちも、三分の一くらいが死んでしまった。お鈴はかろうじて命を拾ったけれど、それも慈行寮で手厚く看護してもらったおかげで、本当に運がよかったし、恵まれていたのだ。

ただ、火事はお鈴に傷を残した。額の生え際からお腹のあたりまでの身体の右半分と、左脚の膝から下に、焼けただれた痕がある。九年のあいだに、火ぶくれが潰れて生じたでこぼこは滑らかになったけれど、赤黒い痣のようになったところは、

――残念だが、今の医術ではこれ以上は治しようがない。

白田の若先生が、そう教えてくださった。

それでお鈴は諦めがついた。若先生みたいな、病人や怪我人想いのお医者様がそうおっしゃるのなら、天下には誰もこれを治せる人はいないんだと思えたからである。

お鈴とおごうと寒吉の三人が、住み慣れ、働き慣れた慈行寮を離れてこの五香苑に

やって来たのは、三月の初めである。五月の半ば、遅くとも六月までには若先生がこちらに居を移し、診療と看護を始めることになったので、おまえたち少し早いが先に行って支度を調え、よく馴染んでおいてくれというご指示があったからだった。

慈行寮には看護人も奉公人も大勢いるのに、若先生は、たってお鈴たち三人を選んでくださった。寒吉は「俺は若先生のいらっしゃるところには何処へでもついていくんだから、当たり前だ」と吹いていたけれど、おごうは誇らしそうだったし、お鈴も自慢に思った。

その頃ここには衛士のほかに、普請直しに携わる大工や建具屋の職人たちが何人も入っていて、五郎助じいさん一人では手が回りきらずに困っていたらしく、新たな三人の働き手は諸手をあげて歓迎された。

もっともこのとき、早々に悶着があった。お鈴自身がいちばんよく心得ているが、初めてこの顔を見た人たちは、みんな驚く。そのあと気味悪がって遠ざかるか、やたらと同情してくれるか、笑いものにするかの三つに分かれる。大工たちのなかに、三つ目の口の下っ端小僧がおり、掃除をしているお鈴をわざわざ見物にきて、「やあ、ホントに化け物がいるぜ」と指をつきつけて嘲笑ったのだ。

それを聞きつけたおごうがどこからかすっ飛んできて、問答無用でそいつの顔を殴った。平手で叩くのではなく拳固で殴ったのだ。これが騒ぎの発端で、しまいには寒吉と他の職人たちとの大喧嘩になってしまった。

とっくみあいの最中に、寒吉は大声で怒鳴った。

「俺たち三人は慈行寮の者だ。おめえら、大殿様が直々に設けてくださった慈行寮の奉公人を侮るンなら、そりゃ大殿様のお顔に唾をかけるのとおんなじだ。ちったぁ控えやがれ、こんちくしょうめ！」

この騒動は、のっそりとその場に現れた大工の棟梁が、おごうがあとで「しばらく耳がきんきんした」と言ったほどの雷を落としたことで終わった。さらに棟梁は、そのあとでこっそりお鈴に会いに来て、こう言った。

「うちの小僧が済まねえことをした。鉋っくずより軽いはんちく野郎のしでかしたことだと、堪忍してやってくれ」

おめえ、〈おんど様の大火〉にやられたんだってな――

わっしも職人町筋の生まれだ、と言った。

「わっしのガキのころにも、山火事があの町筋に迫ってきたことがあった。運良く山おろしが吹きやんだんで、ぎりぎりのところで助かったけども、あの時期の山火事のおっかねえことは、よぉく知っとる」

〈隠土様〉というのは、北見領の一帯で昔から信仰されている土地神様だ。〈おんど様〉と書く。土に隠れておられるのだからまず農事の神様だし、人は死ねば土に還り、土の底奥深くには死者の魂がゆく幽世があることから、人の生死を司る神様でもある。

北見領では昔から、師走の中頃、煤払いを済ませたあとで、〈おんど様〉の一年のご加護への感謝のしるしに飾り物をする習慣があった。お鈴が家族を失った火事はちょうどその時期に起きたし、棟梁が言うとおりもともと山火事が多い土地柄なので、これだけ特に〈おんど様の大火〉と呼ばれている。

棟梁は傷だらけの無骨な手でお鈴の頭を撫でて、言った。「あの小僧はわっしがうんと叱ってやったから、もう悪さはすんめえ。他の連中にもよおく言い含めておいたが、もしも何かあったら、すぐ言いにきな」

五香苑が、北見のお殿様が寛がれるための別邸であることは、お鈴も知っていた。でも若先生がここで診療を始められるというのだから、これからは慈行寮のような施薬院になるのだろう。だからこそ普請直しも入っているのだ、と思った。ご自分が休んだり遊んだりするためのお屋敷を、病気や怪我で苦しんでいる領民のために使わせてくださるのだから、若殿様はご立派な方だ。先代の大殿様も偉いお方だったそうだけど、若殿様はもっと慈悲深いお方だ。お鈴がそう言うと、

「そのうえ、絵草紙に描かれているような美男子だしねえ」

と、おごうはうきうき笑った。

五年前の六月の若殿様お国入りの行列を、お鈴は見ていない。よろずそういう人が集まるところには出ていかないようにしているからだ。が、おごうは見物に出かけて、酔っ払ったような赤い顔に雲を踏むような足取りで帰ってきて、そのときもああ美男子だ、役者のようないい男だと浮ついたようにしゃべり散らしたものだ。で、寒吉にがみがみ説教されていた。お殿様を田舎役者と引き比べるんじゃねえ、それに、もう〈若殿様〉じゃねえぞ、あのお方が俺たち北見の者のお殿様なんだ――

だが、普請直しと建具の入れ替えが終わるころには、おごうはともかく、寒吉の顔は曇り始めていた。

「まだ内緒だぞ。とくにおごうには言うなよ。あいつはすぐ騒ぐからな」

ここは新しい施薬院になるわけじゃなさそうだ、と言う。

「え？　じゃあ、どうしておらたちが呼ばれたんだろう」

ううん――と呻って、寒吉は口をへの字にひん曲げた。

「何ぞ、ややこしい事情があるらしい。若先生はよくご存じのはずだが、今はまだ俺たちには言えねえんだろうな」

普請直しはほどなくして終わり、棟梁の指図で、皆で館の掃除に取りかかった。お鈴は、そこで初めて、化粧直しした五香苑を隅から隅まで見ることになり――

すぐには言葉も出ないほど驚いた。

五香苑は太い曲尺のような形をしている。建物の長い方、曲尺なら長手にあたる部分が主要な居室のあるところで、南側の部屋は湖に面している。短い方の妻手にあたる部分に台所や土間や納戸があり、奉公人たちの溜まりや居室もある。衛士の詰め所は長手の部分の東西の両端に設けられており、東側の詰め所は廐と一体になっている。北見藩は昔から馬を大事にする土地柄で、馬一頭の命の価値は百姓や商人よりよっぽど重いので、衛士は館を護るのと同時に馬も護るのだ。

そういう造りだから、この館の「奥」とは、正しくは長手の部分の真ん中あたりを意味している。

そこが、いくつかの部屋をそっくり囲い込み、呆れるほど広い座敷牢になっていた。出入りするための潜り戸が三ヵ所あり、すべてに物々しい閂がつけられている。

座敷牢というものなら慈行寮にもあった。生まれて初めて見るわけではなく、そこがどういう役目を持つ場所なのかということも、お鈴は子供なりに理解していた。だからこそ仰天してしまったのだ。

それはおごうも同じだったらしい。顔から血の気が抜けた。

「寒さん、これどういうことなのさ」

どうもこうもねえと、寒吉は応じた。彼は大工や表具屋の職人たちに交じり、早いうちから奥へ入って立ち働いていたので、この有様のことはとっくに知っていたのだ。

「ここに病人が入るんだ」

「だって、あんた——」

おごうは怒っているだけではなく、怯(おび)えていた。

「あたしはともかく、お鈴にここで働けっていうのかい？」

「若先生のお言いつけだ」

「いったいどんな病人が来るんだい？　おっかない奴(やつ)はいないの？　暴れたりする奴はいないの？　お鈴はまだ子供なんだよ」

「おらは十四だもの、もう子供じゃないよ」と、お鈴は言った。「おごうさんだって、おらの歳にはもう蓬莱(ほうらい)屋で働いてたって」

「お黙り。あたしは寒吉に言ってるんだ」

寒吉はふふんと笑い、お鈴の頭のてっぺんをぽんぽんと軽く叩いた。

「何を逆上(のぼ)せてやがる。お鈴の方がよっぽどしっかりしてらあ。ここに入る病人はたった一人だし、おっかないことなんかねえよ」

「だって、部屋がいくつあるのさ」

書棚と文机のある居室に、床の間のついた客間と次の間、金箔の美しい屏風のある寝室、その隣には箪笥や衣桁や乱箱や手箱が揃った六畳間、狭い板の間を挟んで北側には厠と手水場。この厠はおまるを置いて屏風で囲ってあり、不浄口が設けられている。

さらに、細い内廊下をたどった先の庭に面した一角に、新たに風呂が設けられていた。沸かした湯を運んできて木製の湯船に満たす形式のものだから、ここでできることはちょっと上等な水浴び程度だろうが、庭越しに湖が見える。但し、桟をずらして開け閉てする窓は、がっちりと頑丈だ。

「ここに、たった一人？」

おごうは呟き、今さらのようにほっぺたを張られたような顔をした。

「よっぽど偉い方が来るんだね」

「当たり前だろう。ここは五香苑なんだ」

「施薬院になるんじゃなかったんだ」

がっかりだね、と肩を落とす。

「わかった。ともかく働かなくっちゃ」

このとき、先に掃除を始めていた職人たちが、半ばは気の毒そうに、半ばは面白そうに、やりとりする三人の様子を窺っていたことに、お鈴は気がついた。

この広い座敷牢のなかで、寝室は、小さな牢としてさらに閉ざすことができるようになっていた。普通の唐紙と閂のついた頑丈な格子戸が二重になっているのだ。

青畳はかぐわしく、障子紙は真っ白。壁の漆喰もまだほんのりと匂うほどに塗り立てだ。が、贅沢な装飾はなかった。欄間の彫刻は取り去られ、細かい十文字を組み合わせた格子がはめられている。唐紙はすべて、淡い浅葱色に北見家の紋所〈麻の葉〉の柄をあしらってあるだけで、床の間と違い棚にも今はまだ何もない。

居室のなかに置かれている簞笥、文机、手箱、肘置きや背もたれまで、木製のものはすべて、角の部分を削って丸く滑らかにしてあった。尖ったもの、金気のものは一切ない。

刀掛けは、壁付けのものも、据え置きのものも見あたらなかった。

掃除と片付けが終わり、職人たちが道具箱や荷物を荷車に積み込んでいると、五郎助じいさんがやって来た。石野様がおいでだ、と言う。お客様か。お鈴がすぐ妻手の方へ引っ込もうとすると、

「みんなでお出迎えするでぇ」

と、棟梁が言った。

「おまえもご挨拶をせにゃいかん。わっしらはもう引き揚げてしまう。これからは、何事もあの方のお言いつけに従うんだぞ」

「石野様って――」

「ここの館守を務められるお方じゃあ」

一同は東の衛士の詰め所に行き、土間の先で地面に座して待ち受けた。馬は一頭、その後ろに中間らしい男衆が三人付き従い、それぞれ荷箱を背負っている。

馬の背には、継裃に両刀を手挟んだ老武士がまたがっていた。かろうじて髷を結ってはいるが、白髪が薄い。顔の皺は深く、身体も痩せて縮んでおり、お鈴の目には、神様よりも歳をとっているように見えた。

この老人が、北見藩元江戸家老・石野織部であった。

その日から、石野様は五香苑で暮らし始めた。石野様について来た男衆も、そのまま奉公人として居着いた。彼らが揃いの藍色のお仕着せを着るようになったのも、これ以降のことである。

それと入れ替わるように慌ただしく、寒吉がいったん慈行寮に帰った。若先生をお迎えに行くのだという。

「座敷牢の西側に、板敷きになっている部屋があるだろ。あそこが若先生のお部屋になる。薬箪笥と道具一切を運んでくるから、風を通しておいてくれや」

四月の半ば、空は青く晴れ、湖面を渡る風に思わず目を細めてしまうほど心地良い日和が続いていた。

その一方で、お鈴が石野様と親しむようになるまでさほどの日数はかからなかった。今は隠居の身とはいえ、元の江戸家老という偉い方だ。親しくなるなんて本来はとんでもないことなのだが、石野様は肩衣に袴姿で五香苑のなかをあちこち歩き回り、何かとお鈴に近寄ってきて声をかけたり、ご用を言いつけたりなさるものだから、自然と馴染んでしまったのである。

最初のうちは、お鈴は石野様のお姿を見かけたり、お声が聞こえると、すぐ逃げるか隠れるようにしていた。火傷の痕の痣をお見せしては失礼だと思ったからだ。真面目に働いてさえいれば、お鈴のような者はできるだけ目にとまらない方がいい。

が、何度目かにそうやって隠れて、ついでだから裏の藪をはらって焚き付けを集めてこようと手鎌と籠を持って館の裏へ回ってゆくと、薪小屋の陰から石野様がひょいと現れた。

老人らしからぬという以前に、こんな偉いお武家様にとっては不作法なほどの剽軽(ひょうきん)なふるまいだ。お鈴は驚くというより呆れた。

が、石野織部は飄然(ひょうぜん)としていた。

「これ、お鈴——と申したよな？　いや、お福だったか」

「す、鈴でごぜえます」

「お鈴、なぜ逃げる」

ちょっと顎(あご)をひねって、

「儂(わし)は、これまでにも何度か、作業の進み具合を見るためにここを訪れたことがある。おまえのことも見かけたが、いつも兎(うさぎ)のように逃げ出していたろう」

ときどき、棟梁たちのところに城下からお武家様が来て、何やら話し合ったり、棟梁があちこちを指さして説明したりしていることがあるのは、お鈴も知っていた。で、そういうときはするりと逃げるのが身上だ。こちとら、知らない人の目を避けることにかけては年季が入っている。

気づかれていたとは驚いた。石野様こそ、それこそ野兎のように耳がいいのではないか。

「儂が怖いから逃げるのかね」

「そんな、めっそうもございません！」

「では、かくれんぼうをしたいのか」

「へ？」

「その手鎌と籠で何をする」

「これから藪をはらいます」

「そうか。ではそれが終わったら儂の部屋に来てくれぬかの。荷物を片付けたい」

「へえ、かしこまりました」

石野様が片付けたいとおっしゃるのは書物で、けっこうな嵩があった。

「このくらい、昔は一人で何とでもなったのだが、腰を痛めてからは辛うてのう」

そして、何気ないふうにこう続けた。

「儂の母は、ちょうどおまえぐらいの歳に、疱瘡にかかってな。命は助かったが顔にひどい痘痕が残った。右目もほとんど見えなくなってしまった」

だが心の美しい、優しい人だったよ——

「だからおまえも、儂からは逃げたり隠れたりせずともよろしい」

その言葉に、お鈴は、今まで思ってもみなかったほど慰められたのだった。

北見の者は、晩秋から春先まで様々な方角から吹き抜ける種々の強風のなかで暮らしているので、ぜんたいに地声が大きい。風に逆らってしゃべるので、ぶっきらぼうだ。人が数人寄って打ち解けたり興に乗ってしゃべり合っていると、喧嘩しているように聞こえることも珍しくない。

が、石野様は声が小さめで、言葉つきもいつも優しい。やっぱり江戸で長く暮らしていらしたからだろうと、お鈴は勝手に見当をつけていたのだが、違った。儂は若いころからこうなのだ、とおっしゃる。

「おかげで父には、腑抜けの肝なしのと、ずいぶん怒鳴られたものだ」

一方、すぐにこっちへ戻ると言って出かけた寒吉は、一月ほどたってもなかなか戻らなかった。

お鈴が、「若先生も寒吉さんもどうしたんだろうね」などと口にすると、おごうも、不安げな顔をした。

「寒吉なんかどうだっていいけど、若先生には早くお会いしたいわねえ」

憎まれ口を叩き、新しく奉公人仲間になった誰が親切で、誰が働き者で、誰が抜作で——と、噂話をして気をまぎらわそうとするのだった。

石野様に呼ばれてお鈴が伺うと、

「一緒においで。お牢のなかを探索しよう」

座敷牢のなかへ入って行くのだった。

「お鈴も来なさい。入ったら、その格子を閉めてご覧」

座敷牢全体を囲う格子戸は引き戸で、動かすと重々しくごろごろと音がたつ。

「これはな、大工の腕が悪かったわけではないのだぞ。わざと音がたつように造ってある。離れていても、開け閉めしたことがわかるようにな」

石野様は部屋の隅々まで見てまわり、座ってみたり、立ってみたり、唐紙の陰からのぞき込んでみたり、挙げ句に寝転んだりした。

「お鈴、ここをどう思う」

「どう、とおっしゃいますと」

「こんなところに入れられたら、病人は恐ろしくて眠れまい。そうは思わぬか」

お鈴はぐるりを見回した。

「でも、きれいなお部屋でござえます」

「そうか」

石野様はお牢のなかの寝室に入った。

「お鈴、儂をここに閉じ込めてくれ。おまえはそちらにいて、格子戸を閉めてくれ。

これは音がしないはずじゃ」

　そのとおりだった。重たいのに、水を流すように滑らかに動く。

　石野様は寝室の真ん中に端座した。こちらに落ち着いてからは、日中はきちんと裃を着けておられるので、そうやって姿勢正しく座しておられると、威風が漂った。

　——石野様は、お城や江戸屋敷でもこんなふうだったんだろうなあ。

「お鈴、唐紙も閉めてくれ」

　言われたとおりにすると、あたりが静かになった。

　少し経ってから、寝室のなかで声がした。低くかすかだが、慈行寮で病人に接してきたお鈴の耳にはちゃんと聞き取れた。これは呻（うめ）き声だ。

「い、石野さま？」

　声をかけても返事がない。

「石野様、お鈴でござえます。ご気分が悪いんですか。開けてもいいですか」

「——あとしばらく」

　よかった。大丈夫なんだ。

　また少し待つと、開けてくれ、と声がかかった。

　石野様はまだ寝室の同じ場所に座っていた。ほんの少しだけれど、目尻（めじり）が赤い。涙ぐんで、それを拭って隠したみたいに。

お武家様が泣くなんて、そんなことがあるわけないから、見間違いに決まってる。

「手間をかけさせたな。さあ、出よう」

と言いながら、石野様は動かない。何かを嚙みしめるように口を引き結んでいる。

やがて問いかけた。

「お鈴は、城下に身寄りの者はおるのかの」

「いえ、誰もおりません」

「それならばよかった。ここ数日、城下は騒がしいことになっておるから」

何が騒がしいのだろう。寒吉が出かけていった後、石野様のところには、城下から何度かお遣いが来ている。

お鈴は、にわかに怖くなった。

「騒ぎって、火事でごぜえますか」

「いやいや、火事ではない。安心しなさい」

余計なことを言ってしまった——と、石野様は裾をはらって立ち上がった。

「寒吉は、明日にはここへ戻るだろう。慈行寮の白田先生もご一緒のはずだ」

若先生のことだ。藩医である若先生のお兄様は、ほとんど名字では呼ばれない。たいていは「一の匙殿」だ。

石野様は寝室のなかを見回すと、

「万事、病人の様子次第ではあるが、今のところ大きな支障は生じていないようだ。お鈴はいつもどおりに務めておればよろしい」

「へえ、かしこまりました」

普段のお鈴だったら、そこで口をつぐむ。余計なことは言わないし、尋ねない。でも、今は特別だ。だって、石野様の目尻は、やっぱりちょっぴり赤くなっている。見間違いではなかったのだ。

ひとつの閃きが、俊敏な小魚のようにお鈴の心の水面をよぎった。ここに来る病人は、もしかしたら石野様のお身内なのかな？

思いついたら、問わずにいられなかった。

「ここで養生される方は、どんなお方なんですか」

小柄で痩せた石野様の身体が、その一瞬、さらに縮んだように見えた。

「何処の何方でもない」

そのしわくちゃの横顔は、一気に石と化したかのようだった。

「儂やおまえや、ここでお仕えする者は、ただ〈お館様〉とお呼びするのだ。よく覚えておきなさい」

石野様のおっしゃったとおり、その翌日に、若先生は五香苑に来た。寒吉も戻った。

そして、お館様もおいでになった。

お鈴はそのときの様子を知らない。例によって、この姿をさらさぬように引っ込んでいたからだ。だから話はぜんぶ、あとでおごうと寒吉から聞いた。おごうがめそめそ泣くので、最初のうちは慰めていた寒吉も、しまいに機嫌を損ねて怒ってしまった。

「おめえも看護人の端くれだろう。ちったぁ気丈なところを見せろ」

なぜ、おごうが泣くのか。

なぜ、お館様はひっそりと、夜の闇(やみ)に隠れるようにして五香苑に来たのか。なぜ、あんな立派な座敷牢が要るのか。

「――お殿様なんだよ」

袖(そで)で涙を拭(ふ)き拭き、おごうは教えてくれた。

「あたしらの若殿様さ。ご乱心なんだって。どういう意味かわかるかい？　ここが」

と、心の臓の上に掌(てのひら)をあてた。

「お心が駄目になっちまってるんだ。だから、この館に閉じ込められちまうんだよ」

五香苑は、そういう場所になったのだった。

二

陽は夕雲の陰に姿を隠し、西の空の端に一筋、血が滲んだような朱色が残るだけになったころ、多紀と半十郎は五香苑に着いた。

馬から降りたのは、衛士の詰め所と厩が一体になったような場所だ。多紀の馬子を務めてきたお仕着せの男が衛士に挨拶し、馬を引き渡した。衛士はやや年配の、頬がむくんだような顔をした武士で、慇懃な物腰ではあったけれど、半十郎と目礼し合っただけで、すぐ馬の世話に取りかかった。多紀には挨拶どころか顔を向けようともしなかった。

館の奥からもう一人、三十がらみの女中が出てきて、おいでなさいませと素早く床に指をついてから、お仕着せの男と二人で、多紀と半十郎の衣服の埃を落としたり、足を濯いでくれた。

依然、半十郎は黙したままだ。多紀も粛々と慎ましくふるまった。

詰め所の長押に、北見家の〈麻の葉〉の紋所を大きく記した提灯箱が並べてある。

土間の壁に掛けてある梯子(はしご)やさすまたや鳶口(とびぐち)は、万に一つの火事に備えた道具だろう。厩の方では、馬たちがしきりと足踏みをしたり、鼻を鳴らしたりしていた。

身繕いが済むと、お仕着せの男の案内で廊下の奥へと上がった。多紀は、ついあちこちに目をやらずにはいられなかった。家臣の妻や娘が藩主の別邸へ足を踏み入れるなど、特に選ばれてお勤めに上がる場合のほかは、あり得ないことである。

五香苑が建てられたのは、確か四代藩主の治政の時代だ。しかし、こうして見る内装や建具の類(たぐい)は真新しい。おそらく、近ごろ直されたのだろう。

さして歩かず、三畳の次の間がついた六畳間に通された。唐紙が開くと青畳の匂いがした。床も飾り棚もない質素な部屋で、右の壁に片開きの物入れがひとつ。左側は四枚の唐紙で仕切られている。

正面の窓には、市松模様の格子がはめ込んである。多紀の感覚に間違いがなければ、この窓は湖ではなく、五香苑の裏手にある小高い丘と森に面しているはずだが、今は外の様子をうかがうことはできない。鎧戸(よろいど)か雨戸が閉めてあるのだろう。

室内を、行灯(あんどん)が丸く照らしていた。灯心を長くしてあるらしく、明るさが強い。こういう場所であるからこその贅沢だ。

お仕着せの男が去り、二人になった。青畳に正座し、半十郎は固まったように肩を張っている。多紀は髪が気になって、少し手で撫でつけた。城下の各務家を出るときは、長尾村の隠居所の暮らしに戻るつもりでいたのだから、島田を解き、洗い髪を束ねただけのようなばい髷に戻してしまっていた。これから誰にお目通りするにしろ、これでは失礼にならないだろうか。

しばらくすると、さっきの女中が茶を運んできた。眉が太く、目鼻立ちがくっきりしている半十郎は、こんなふうに黙って真面目くさっていると、怒っているように見えなくもない。女中はそれを畏れる様子もなく、角盆に湯飲みを載せて、てきぱきと供した。おしぼりが添えてある。これは嬉しかった。

「ありがとうございます」

多紀が礼を言うと、女中は頭を下げてから、こちらを見た。勝ち気そうにえらが張り出し、地黒で、目が細い。

「奥様、お疲れではございませんか。お水か白湯もお持ちいたしましょうか」

女にしては太い声で、御殿女中のしんなりした口調ではない。

半十郎が何か言いかけて、やめた。

多紀は丁寧に応じた。「いいえ、結構でございます」

「今夜はこちらにお泊まりいただくことになるそうでございます。お着替えや夜具などはお支度いたしますが、何か特にお要りようなものはございませんか」

「何もございません。それから、わたくしは多紀と申します」

女中は軽く目を瞠り、口元に笑みを浮かべた。けっして器量よしとは言えない面立ちに、愛嬌が浮かんだ。

「失礼いたしました。わたくしはごうでございます。奥さ——いえ、多紀様のご用を承るよう申しつかっております。何なりとおっしゃってください」

わたくしというあらたまった言い方が、やや板に付いていない感じがした。

女中が去ると、多紀はおしぼりを使った。渇ききった喉を茶で潤す。

「半十郎さんもいただいたらいかがですか」

声をかけると、半十郎は我に返ったように身じろぎした。

「何かおっしゃいましたか」

「おいしいお茶ですよ」

言って、多紀は微笑した。「これから何があるにしろ、今は少し寛ぎましょう」

ゆっくりともう一口、茶を味わう。そして声をひそめて言った。

「ここには、六代様がいらっしゃるのですよね」

たっぷり五つ数えるほどのあいだ、半十郎は呼吸を止めて多紀の顔を凝視した。

多紀は言った。「息をなさいませ」

半十郎は喉仏をごくりとさせた。

「ご存じだったのですか」

「わたくしは意外に早耳なんですよ」

過日、小野庄三郎（おのしょうざぶろう）はこう言っていた。

――六代様は五香苑にお移りになり、静かに療養しておられるのです。

今、ここには、押込（おしこめ）によって藩主の座を追われた北見重興（しげおき）がいるのだ。

そこに、各務家が「巻き込まれた」こともある。ならば、多紀にはさっぱり見当もつかないけれど、それは重興に関わりのあることに決まっている。

これは、たとえば「大事（だいじ）」というものを満たす器があるとしたら、それが縁まで一杯になるほどの大事（おおごと）なのだ。半十郎がまなじりを決していたのも無理はない。

だったらもう、多紀のような蚊とんぼほどの女がじたばたしたところで無駄である。父はもう亡（な）い。多紀に夫も子もいないのは、今となってはむしろ幸いだった。兄の各務家にさえ災いが及ばねばよい。

それに、不安は不安としてさておいても、いったい何が起きているのか知りたい

――という気持ちもわいてきた。

「六代様のご病気が、お身体ではなくお心のものであることも、父から聞きました」

「そんな話を、いったい誰が伯父上のお耳に――」

「城下から飛んできた燕が」

多紀がさらりと言うと、半十郎は頭が痛むかのようにこめかみに手をあてた。

多紀は微笑んでみせた。「詳しくは存じませんし、もちろん父とわたくしのあいだけの話でございました。長尾村にいるのは山燕ばかりで、あの小鳥たちは町の燕と違って、人の言葉を解しません。田畑に寄りつく害虫を食べるのに忙しいですからね」

半十郎は手をおろし、ひとつ息をついた。

「多紀殿にはかないません」

「でも、貴方がわたくしを守ってくれるのでしょう」

従姉と従弟は互いの顔を見た。

「六代様のことは、ただお労しいと思うばかりです。でも、わたくしがここに喚ばれた理由が、何か六代様のお役に立つことであるのならば、各務数右衛門の娘として、できる限りのお務めをいたします」

「なるほど、気丈なおなごじゃ」

出し抜けに、かすれたような老人の声がして、仕切りの唐紙が開いた。

「田島よ、ご苦労であった」

肩衣に袴という軽装の、白髪頭の老武士である。小柄で白髪が薄く、痩せているというよりも、有り体に言うならば干魚のようだ。

半十郎ははっと平伏したが、礼儀を気にする以前に、呆気にとられてしまった多紀の顔を見て、老武士は済まなさそうに薄い眉毛を下げた。

「おや、驚かせてしまったか」

こうして、多紀は石野織部と初めて顔を合わせたのだった。


北見藩の家老の座は五席あるが、そのうちの四席は、座す家と役割が定まっている。筆頭家老の脇坂、城代家老の野崎、奥家老の武藤、江戸家老の石野の四家で、いずれも戦乱の時代から主家を守り立ててきた忠臣の家系だ。

五席のなかでは筆頭家老がもっとも上席で、それに次ぐのが城代家老である。これは藩主が出府しているときには城主となる重責を担い、番方（軍事と警備）の長も兼ねる。あとの三席はほぼ同格の平家老だが、奥家老は財政と役方（事務）の長、北見藩の江戸藩邸を預かるのが江戸家老だ。残りひとつの平家老には、その時その時の出世頭の上士（じょうし）が、一代限りの取り立てで就く。自然と四家の家老たちの補佐役になるので、口さがない城下町雀（じょうかまちすずめ）のあいだでは、お茶子（ちゃこ）家老などと冷やかし半分で呼ばれることもある。一人前ではない見習い、という意味だ。

そのお茶子家老を除けば、四席の家老職の座はほぼ完全に世襲であり、役割も動かせない。藩主やご一門の意向で翻（ひるがえ）すこともできなくはないが、それには、四家の側に、よほどの不祥事か不都合がなければならない。北見藩の重臣として君臨するこの四家の占める座は、主家に尽くすことによって勝ち取ってきた、彼らの権利だからである。

筆頭家老・脇坂勝隆（かつたか）、城代家老・野崎宗俊（むねとし）、奥家老・武藤重兵衛（じゅうべえ）、江戸家老・石野新之丞（しんのじょう）、そして勘定方（かんじょうかた）から出世した平家老の兼平一郎兵衛（かねひらいちろべえ）。この五人が、今の北見藩の家老衆である。そして石野織部は、今望侯（こんぼう）、五代藩主成興（なりおき）の治政下で江戸家老を務めていた人物なのだが――

今般の重興押込が起こるまでは、これという大事（だいじ）がなく刻まれてきた、いわば清らかに白い北見藩の歴史に、一点、染（し）みのような疑念を残している問題の人物でもあった。

五年前、藩主が六代重興に替わると、織部は職を辞し、隠居した。その後に就いたのが石野新之丞だ。しかし、新之丞は織部の子息ではない。脇坂勝隆の三男だ。織部は自身にも嫡男・直治郎がいたのに、これを「不忠であり不行跡である」という理由で勘当し、わざわざ重興に請うて、脇坂家の三男を養子にもらい受け、江戸家老の座を譲ったのだった。

これは事実上、四家の一角である石野家の断絶に等しい行いであった。石野の家には直治郎のほかに子がいない。だから新之丞に継がせると、〈石野〉という家の姓は残っても、それは体裁だけで、血脈は脇坂のものになってしまう。

織部はそれを承知で直治郎を除き、しかも同時に彼の藩籍からの離脱も願い上げた。重興がこれを聞き届けたので、当時、父の下役として北見藩江戸下屋敷の切り盛りを任されていた石野直治郎は、たちまち身分と禄を失い、江戸の町で浪々の身となった。

この異例という以上の一大事に、家中一同は大いに噂し、猜疑し、かまびすしく憶測し合ったものだ。当時、多紀は例によってこういう人事には目がない井川貞祐に嫁していたが、仮に夫がああいう気質の人でなくても、この件についてばかりは黙っていられなかったろう。それほどの衝撃があった。

石野家の世襲を妨げた、よほどの不祥事か不都合とは何だ。曰く、石野殿には何かひどく成興様の不興を買うことがあったらしい、いや成興様ではなく重興様が織部を嫌って、このような形で身を引くことを強いたのだ。いやいや石野の嫡男・直治郎には本当に難があり、本来なら切腹ものの不祥事を起こしているのを、これまで庇(かば)ってもらってきたのだ、だからこの措置は全(すべ)て石野様の意思によるものであるらしい、なにしろ石野様は、殿から下される隠居料さえ辞退されたそうなのだから。それにしても直治郎の妻女と子らは哀れなものよ、織部殿は嫁や孫にまでこのような悲運を味わわせ、いささかの痛痒(つうよう)も覚えぬのだろうか——

江戸に定詰(じょうづ)めの藩士の動向は、国許(くにもと)ではつかみにくい。織部はともかく、直治郎の人となりや行状に、勘当されるほどの問題があったのか、すぐ見当のつく者はいなかった。藩校の教文館(きょうぶんかん)や道場の秋月館(しゅうげつかん)時代の彼は、生真面目で、剣術も槍術(そうじゅつ)も得手ではなかったけれど努力家だったという。ならば、江戸の水に染まって身を持ち崩したのだろうと思うぐらいがせいぜいだったが、憶測はやたらと膨らみ、ずいぶんと口汚い誹(そし)りも流布(るふ)したものだ。

とはいえ、表向きは石野家の跡継ぎが滑らかに次代の江戸家老の座に就いたのだし、北見藩の大勢は新藩主重興の颯爽(さっそう)とした美形に見とれ、その治政に期待を寄せることに忙しかった。石野家の謎(なぞ)は、暦が進むにつれてうやむやのまま忘れられていった。

五年後の今、五香苑の小さな座敷で、元の江戸家老と向き合った多紀の心には、あのころの様々な噂雀の囁きが蘇ってきた。

だが、それに耳を傾けている余裕はない。驚きが不躾に顔に出ぬよう、堪えるのに精一杯だったのだ。

多紀の覚えに間違いがなければ、石野織部は亡き父の各務数右衛門より二つ年下のはずである。当年五十一歳だ。それなのに、

——どうしてこんなに老けておられるのかしら。

ただ老いているという以上に、窶れもある。何か重い持病があるのか。そういえば、石野は早くに妻を亡くし、嫡男の直治郎を男手ひとつで育てたのだと、あのころ耳にした覚えがある。その嫡男を廃し、江戸に置き去りにして、今まで一人きり、どこで隠棲していたのだろう。どうやって暮らしていたのか。

何より、あのようにして藩の中枢から去っていった——あるいは切り捨てられたお方が、何故、今ここにいる？

多紀の驚きを読み取り、あたかも存分に気が済むまで驚けとでもいうかのように、石野織部はしばらくのあいだ黙していた。それから、ゆっくりと口を切った。

「まずはお悔やみを申そう。各務数右衛門殿は忠臣の鑑であった」

その声は柔和だが、弱々しい。

「そなたも良き父御を喪ったのう」

「有り難いお言葉にございます」

指をついてしとやかに一礼し、多紀はそのまま目を伏せていた。心の臓がことりことりと早足になっている。

「田島半十郎」

呼びかけられ、半十郎がさらに平伏すると、織部は口元に笑みを浮かべた。

「そう慌てずともよい」

半十郎は汗みずくである。

「各務殿は野崎様の下役たちと往来があったから、お館様のことが耳に入ったのだろう。またそれを、この気丈な息女に打ち明けたとしても不思議はない」

——お館様。

北見重興は、ここに押し込められてはいても、館の主だ。これが新しい敬称なのだ。

それにしても、先ほどの多紀と半十郎の会話は、筒抜けに聞かれていたらしい。気丈、気丈と繰り返されるのも恥ずかしい。

と、またも多紀のその気持ちを読んだかのように、細い鼻筋を枯れ枝の先のような指でほりほりと掻いて、織部は言い足した。

「田島はそなたのことを、一途な親孝行者だと評しておった。悪口は、それらしきものさえきいてはおらぬ。気丈というのも、儂の感懐じゃ」

「い、石野様」

半十郎は真っ赤になる。そこへ、さっきの女中の声が戻ってきた。

「失礼いたします」

織部は気さくにそれに応じた。「おごうか。入れ」

障子を開けた女中の方は、目をぱちくりさせた。

「石野様もおいででしたか。お客様に、まずお夕食を差し上げようと思いましたのに」

女中の傍らには箱膳が置いてある。

「そうかそうか。これは間が悪かった。だが、話はすぐ済む。膳を運んでくれ」

これまた打ち解けたやりとりである。多紀の方もまた、心のなかで目をぱちくりさせる。普通、石野織部ほどの身分の武士は——いや、かつてそれだけの立場にいた武士ならば、台所仕事をする女中の名前など覚えもしない。ましてや、間が悪かった云々などと詫びたりするものか。

おごうは手早く、多紀と半十郎の前に箱膳を並べた。女中が去ると、織部が多紀を促した。

「開けてご覧」

箱膳の蓋をとると、おむすびに漬け物を添えた小皿に、枇杷の実も入っていた。

「綺麗な実でございますね」

箱膳のなかに閉じ込められていた果実の甘い香りも、ほんのりと立ちのぼってくる。

「有り難いお心遣いでございます」

小ぶりだがまるまると実った枇杷の実には、急な来客の質素な夕食の膳に、せめて彩りを添えようという気持ちが込められている。それが、多紀の不穏に騒ぐ胸にも染みこんでくるようだった。

「そういえば、道中、この館が見えるあたりまで来たとき、森のなかで枇杷の実の香りを感じました」

「左様か。五香苑はその名の由来のとおり、種々の花木や果木に囲まれておるが、永年ここで働いておる下男の五郎助の話だと、この夏はとりわけ枇杷が甘いそうじゃ」

石野織部の笑みは温かい。

「ここの者どもは、このように気働きがきく。衛士は野崎様が選りすぐってくださった者たちだし、藍色のお仕着せの男衆は、儂が信頼のおける家人どもを連れて参った。

ただ、そのうちの一人――そなたの馬を引いてきた寒吉という男と、あのおごう、それともう一人の女中は、もともとは慈行寮で働いておったのを、お館様のお世話がよく行き届くよう、医師の白田登（のぼる）先生がお連れになった」

北見藩で白田と言えば藩医の家柄だが、登という名の医師のことを、多紀は知らない。

「その白田先生は――」

「白田家の次男でな。三年ほど前に長崎への遊学から戻り、そのまま慈行寮付きの医師をしておられた」

藩の施薬院（せやくいん）にかかるのは、薬代にも事欠く微禄の下士以下の家臣や、貧しい領民たちである。

「白田先生は、ここではお館様の主治医じゃ。そして、この石野織部は、お館様にお仕えする全ての者を束ねる館守を相務めておる」

枯れ木のような老人は、多紀と半十郎の面前で居住まいを正した。

「儂は、館守の役務を全うするために、そなたをここへ呼び寄せた。内密裏の事とはいえ不審な段取りをせねばならず、そなたに要らぬ不安を覚えさせたであろうことを詫びねばならぬ」

織部は目礼した。

「父御の墓を覆うた土埃も収まらぬうちに、そなたを掠ってきたようなものじゃ。しかし、各務殿が急逝されたことで、儂も覚えず狼狽えてしまっての。本来ならこの案件は、そなたよりもまず各務殿に尋ねるべきことであったから」

織部は一貫して、各務数右衛門に恭しい言葉使いをしている。本来の身分の差を考えれば必要のないことだ。そこには思いやりがあった。奇妙で不可解ではあるが、間違いなく温もりのある思いやりだ。

ことり、ことり。早足な心の臓を宥めつつ、多紀は思い切って言上した。

「先ほども申しましたが、わたくしのような者がお役に立てるのならば、一心にお務めする所存でございます。そのお尋ねとは、どのようなことでございましょうか。どうぞ何なりと仰せくださいませ」

畳に両手をつき、深く一礼する傍らで、また半十郎の喉がごくりと鳴った。

「各務多紀、面を上げよ」

依然、織部の声は力弱く掠れているが、命令口調になって初めて、その口調に相応の威厳が備わった。手をついた姿勢のまま、多紀は顔を上げ、ひたと彼の顔に目をあてた。

「では、尋ねよう。神明に誓って正直に、真の事を答えよ」

「はい」

「そなたは、〈みたまくり〉を知っておるか」

沈黙。

行灯の灯心が、じじっと焦げる音がした。多紀は答えることができなかった。はいもいいえも、返答をする以前に、問われた言葉の意味することが全くわからなかったからである。

織部の窶れた顔に、落胆の色が浮かんだ。

「――そうか、知らぬのか」

その肩から力が抜け、がっくりと頭が下がった。

「お許しくださいませ、石野様」

多紀は訴えた。「わたくしには、お尋ねのお言葉の意味が――」

「多紀殿、よろしいのです」

半十郎が手を差しのばし、柔らかく多紀を押しとどめる。

「よろしいって、何が」

「石野様には、多紀殿が何も知らぬということがおわかりになった。それだけで充分なのでござる」

石野織部が、痩せた腕を両の膝(ひざ)の上に突っ張るようにして、ようやく頭を持ち上げた。そして言った。

「儂はそなたの顔を、目の動きを見ておった。人の口は嘘(うそ)をつき、隠し事をするが、顔の動き、まばたき、とっさの表情は、偽ることができぬものじゃ」

だから、よくわかった。

「そなたは儂の問いをまったく解(かい)さなんだ。子供が異国の言葉で話しかけられたかのようであった。それは、〈みたまくり〉について、何ひとつ知らぬからじゃ」

織部は苦渋の面持ちで、田島半十郎に目を向けた。

「半十郎、そちの申していたとおりであった。しかし、儂もそちの言を信用していなかったわけではないのだ。わかってくれるな」

「はい」

織部は初めて半十郎と呼び、半十郎もまた臆(おく)することなくうなずいた。

「ただ、一度は儂自身で確かめずにはおられなんだ。これが——唯(ただ)一つの手がかりなのだから」

多紀は二人の顔を見比べた。枯れ木のように老いた北見藩の元重臣と、腕白な少年の面影を残した無役の青年。何から何まで対照的な二人が、父子のように親しげに、落胆を分かち合っているように見える。

いったい、どんな落胆を？　「手がかり」とはどういう意味だ。

「石野様、重ねてご無礼をお許しくださいませ。わたくしの方からお尋ね申し上げます。〈みたまくり〉とは、何の事なのでございましょう」

石野織部は無言のまま、沈痛な面持ちもそのままに、懐から矢立と懐紙を取り出し、さらさらと字を書くと、それを多紀の前にそっと滑らせた。

そこにはこう記されていた。御霊繰。

「繰るとは、糸繰りのくりと同じ意じゃ。自在に操り、取り出し、また収める」

両膝の上に手を置き、織部は淡々と語った。

「御霊はこの字義のとおり、人の霊魂。多くの場合は死霊だが、希には生霊の場合もあるという。つまり御霊繰は、人の霊魂を操り、それと意思を通じ合わせる技」

多紀は流れるような達筆で記された三つの文字を見つめた。御、霊、繰。

「世間に、このような技をよく使うと喧伝し、信じてすがる人びとを騙して金品をたかり取る不逞の輩は数多い。巫女、導師、修験者、拝み屋の類いじゃ」

いちいち不愉快そうに眉をひそめてあげつらう。

「しかし、そのようないかものではなく、真性の御霊繰をなし得る者が、この北見領内にはおった。かつては確かにおったのだ。親から子へと、御霊繰をなす資質を伝え、その技の詳細を口伝で教えて、営々と守ってきた一族が」

行灯の火が、かすかに揺らめいた。

「その大半は死に絶えてしまった。儂は、生き残ったわずかな者を探しておる。御霊繰について、ほんの些細なことでもいい、何か伝え聞き、覚えておらぬか聞き出すために」

多紀の頰にひやりとした冷気が触れた。

織部が開け閉てした四枚続きの唐紙の上に欄間はなく、その部分が素っ気なく抜いてあるばかりだ。そこから風が通ってくるのか。

同じ冷気が織部にも触れ、老いた身体に障ったらしい。軽く咳払いをしたが、それだけで済まず、咳き込んだ。なかなか止まらない。身体を内側から抓りあげるような咳だ。

見かねたのか、半十郎がつと前に出た。織部はそれを手で制すると、ふう、と痩せた肩を上下させて息をつき、咳を封じ込めてしまった。その額にうっすらと汗が浮いている。

「——多紀よ」

老いた館守の目を見て、多紀はかしこまる。

「は、はい」

「そなたの母御の佐恵は、その一族の者だったのだ。北見領の北東の山中にあった出土という村の、村長の一族じゃ」

「伯母上は、実は田島の養女だったのです」

半十郎が言った。織部もひとつうなずくと、懐紙で額の汗を拭う。

「これは私も今般初めて父から聞き、大いに驚きました。私の祖父、父・田島角兵衛の父も検見役を務めていたのですが、その祖父が昔、出土村のあたりを役務で巡回するうちに、村長と懇意になり、その三女を養女としてもらい受けたのが伯母上——佐恵殿だったのだというのです」

当時、佐恵は八歳、田島角兵衛は七歳だったという。

「父には実際に年子の姉がいたのですが、その前年に病死しておりました。祖母がそれをあまりに深く嘆き悲しむので、祖父は当初、同じ年頃の女の子を連れ帰り、子守として奉公させようと思いついたようでした」

鄙な山里に生まれ育った女の子だ。元気でよく働き、きっと妻の気持ちを明るくさせてくれるだろう、と。

「ところが、連れ帰ったその女の子を、祖母はいたく気に入りました。そして祖父に、この娘を養女にしたいと願ったものですから」

田島の家は百二十石取りだ。各務家よりは上だが、上士のなかでは中ぐらいの家格である。正式な手続きを踏んで許しを得れば、格下の家と通婚したり、養子を迎えることができる。ただ、ひとつの村の長の娘とはいえ、農家の子を入れるのは極めて珍しい。

「祖父も最初はためらったようですが、祖母にほだされ、その女の子を正式に田島家に入れたのだそうです」

それが、田島佐恵だったのだ。

佐恵は田島家で養父母に愛でられ、弟の角兵衛とも仲よく育った。そして、長じて作事方の役務に就き、赴任先で怪我をした弟を看護するためにやって来て、各務数右衛門に見初められた——

多紀は思い出す。母は二十歳で父に出会い、嫁いできたと聞いている。武家の娘としては、普通の婚期よりもだいぶ遅い。娘の多紀が言うのも何だが、佐恵は美しく、心映えも優れた人だったのに、不思議だった。

それも、佐恵が実は養女で、もとは武家の娘ではないことを敬遠され、他の縁談がこなかったからだと思えば得心がいく。父・数右衛門は佐恵に惚れ抜き、そんなことなどどうでもいいと思い決めて妻に迎えたのだろう。

しかし多紀は、母のそんな過去のことなどまったく知らなかった。

「――何も存じませんでした」

多紀の小さな呟きに、織部が諦めたようにうなずいた。

「そのようじゃな。また、そなたの顔を見ていればわかった」

今さらだが、そうか、と多紀は思った。この方は、長閑で世間が狭く、誰もが誰もを見知っているこの北見ではなく、常にご公儀のご機嫌を窺いつつ、大名同士の上下関係に厳しく気を配り、生き馬の目を抜くような商人たちと渡り合っていかねばならぬ江戸屋敷を、永年、家老として切り盛りしてきた方なのだ。人の表情を読み、顔色からその心中を察することに長けていても、ちっとも不思議はない。そうでなければやってこられなかったはずだ。ましてや、多紀のような田舎者を扱うなど、造作もなかろう。

「そのような事情であったなら、母は八つで生まれ故郷を離れ、あとの人生はずっと城下で過ごしてきたのですから……」

果たして、御霊繰という技のことを、ずっと覚えていたろうか。覚えていたとしても、それを養家で打ち明けたろうか。

佐恵とて、出土村のことや実の両親のことを、きれいさっぱり忘れ去りはしなかったろう。人の情として、それは考えにくい。多紀の母はいつでも心優しい人だったから、なおさらだ。だが、養家で故郷への想いを表に出し、懐かしがって話をするようなことがあっただろうか。

「田島の家の方々は、母から何か聞いておられたのですか」

佐恵と角兵衛の両親、半十郎にとっての祖父母は、とうに亡くなっている。

半十郎はかぶりを振った。

「我らも、何も存じませんでした。父の言によれば、亡き祖父母は伯母上に、田島の家の娘となった以上は、生家のことは忘れよと言い聞かせて育てたそうでございます」

幼い養女に酷なようではあるが、田島家に迎えられたことで、佐恵は身を置く階層が大きく変わった。しっかりけじめをつけさせねば、かえって酷いことになる。これは正しい躾だと多紀は思うし、佐恵はそれに従ったはずだとも思う。

「儂から密かに田島角兵衛にこれらの話を打ち明け、佐恵のことを問うたのが、水無月（六月）の初めであった。すると角兵衛が倅どもと語らい、この半十郎に儂を助けるよう言いつけて、寄越してくれての」

「田島の家の者では石野様のお役に立てぬ不面目を、私自身、何とか取り戻したいと思ったのです」

いかにも、この従弟らしい。

「だったら半十郎さん、そのときすぐに父かわたくしに尋ねてくだされぱよかったのに」

半十郎は口元をへの字に曲げた。

「各務家の方々は、田島の我ら以上に何もご存じなかろうと思いました。多紀殿の懐かしい母上の思い出に影を落とすようなご心配をかけたくありませんでしたし、このようなことが伯父上の覚書の執筆や、総一郎殿の役務の妨げになってはならぬとも思いました」

半十郎が、「できれば各務家を巻き込みたくなかった」と言ったのは、こういう意味だったのだ。

だが、そうこうしているうちに、各務数右衛門は急逝した。死んでしまった者には、もう何も尋ねることができない。だから石野織部も「覚えず狼狽えてしまった」のだろうし、結局はあのように慌ただしく多紀をここへ喚ばざるを得なかったのだ。

しかし、どうしたというのだろう。傍らの半十郎の表情はますます険しい。かつての喧嘩っ早かった少年のころのような激情が、くっきりした目鼻立ちの上に浮かんでくる。

「それ以上に私は、やはり」

やりとりがここまできて、何がきっかけになったのか、半十郎は激している。

「私は、私は、どうしても――」

胴震いし、堪えきれぬようにひと息に、織部にこう訴えた。

「石野様、申し訳ございません。私は、やはり各務家の方を彼奴に近づけたくありません。我慢がなりません。どうか多紀殿をこのまま城下へお帰しください。彼奴にはこの田島半十郎が何としても――」

「彼奴？」

思わず軽く声を高めて多紀が問うと、半十郎は我に返ったようになった。

石野織部は端然と、ただ少し悲しげに座している。

「半十郎、それ以上言うな」

「しかし、石野様！」

「ここまで来た以上、多紀には彼奴に会うてもらう」

半十郎は唸り、額を畳に打ち付けんばかりの勢いで、「は」と平伏した。

「あとは明日にしよう。どのみち、暗くなってからでは足元が危ない」

ここから、まだどこかへ行くのか。彼奴とは誰だ。多紀がその人物に会いさえすれば、すべてが解るのか。

ならば、そうするまでだ。半十郎にも、多紀の覚悟を知ってもらわねば。

「石野様、大変なご無礼をいたしました」

多紀も織部に平伏した。

「田島半十郎の身の程を弁えぬ抗弁にお詫びを申し上げます」

織部は短く、だが、これまでもっとも晴れやかに笑った。

「まったく、天晴れな気丈者じゃ」

半十郎は萎れている。

「そなたなら、およそ若者や女人がもっとも不得手とすること——待つということに耐えられるな。多紀よ、この一晩じゃ。明日の朝まで待ってくれ」

「はい」

「半十郎も、もう蛙の真似はせんでよい。儂と来なさい」

腰を上げようとして、織部は軽くよろめいた。半十郎が急いでそれを支える。先ほどの咳といい、この方の体調は万全ではない。亡くなる前の、父・数右衛門の痩身が多紀の脳裏をよぎった。

「――石野様」

立ち去ろうとしていた織部が、足を止める。

「明日を待つ前に、もう一度だけお許しを願い上げます。お尋ねしてもよろしゅうございますか」

「何を訊きたい」

「石野様が御霊繰を知る者をお探しになっているのは、その技が、お館様のお役に立つからなのでございますね」

一瞬、間があいた。

「左様。儂は、御霊繰の技で、お館様をあの病苦からお救いできると恃んでおる」

藩主の座を追われ、城下を離れて幽閉されねばならぬほどの乱心。そこから、重興を救うことができる――

萎れきった横顔を見せて、半十郎が唐紙を閉じた。多紀は一人、取り残された。その心を映すように、行灯の灯心が、ひときわ大きな音をたてて、じじっと焦げた。

夜半、慣れない寝床と枕でまどろみながら、多紀は夢を見た。

どこかで女が泣いている。廊下が入り組み、部屋数の多い館の奥だ。金箔を乗せた唐紙や、花鳥の彫刻をあしらった壮麗な欄間。床の間には黒漆の花器に真っ赤な花が活けてある。

女の泣き声は、遠いかと思えば近くなる。何か叫び、訴えているようだ。許しを請うているのだろうか。詫びているのだろうか。それとも何かを願っているのだろうか。

多紀は女のもとに行ってやりたいと思うのだが、足が動かない。泥田のなかを泳いでいるように、身体ぜんたいが重い。

女の泣き声は強まり、細まり、いったん途切れたかと思うとまた始まる。

そして、誰かを呼んでいる。

そう気がついて、目が覚めた。

覚めたのに、女の泣き声は、まだ聞こえていた。夢のなかのそれよりも遠く、かすかではあるが、これは夢ではない。

この館で、どんな女人が泣いているというのだろう。そのあと、多紀はなかなか寝つかれなかった。

洗面と朝餉が済むと、おごうが来て、多紀の身支度を手伝ってくれた。

「粗末なもので申し訳ございませんが、これをお着けください」

着丈の短い筒袖の下着に、小袖と藍染めの長い脚絆だ。

「藍染めは虫除けになりますけど、蛭は防げません。蛭が入り込まないように、下着の袖口の紐をちょっときつく締めますので、痛かったらおっしゃってくださいまし」

おごうは脚絆の紐も固く締めた。

「表で丸笠をかぶって、その上から藍染めの手ぬぐいを被せます。これも虫と蛭を除けるためですから、暑くてもご辛抱ください」

「わかりました。ありがとう。あの……わたくしは、これから山に入るのでしょうか」

一夜明け、待望の朝が来て、昨夜のやりとりで残された謎が、いよいよ解ける。

——多紀には彼奴に会うてもらう。

その場所に連れていってもらえるのに、こんなふうに問うのは、我ながら情けない。

が、おごうは多紀を笑わなかったし、侮るような目つきもしなかった。

「あたしは、いえ、わたくしは」

多紀は微笑んだ。「あなたは慈行寮からいらしたそうですね。わたくしはこれという身分のない、ただの出戻りです。自分では何ひとつできないという意味では、今ここでは病人と同じですしね。どうぞ、よそ行きの言葉はしまってちょうだい」

おごうは、昨夜と同じように目をぱちくりした。多紀のばい髷よりもさらに簡素なまとめ髪に、手ぬぐいを裂いたものを手絡にしてかけている。朝の光のなかで対面すると、この働き者らしい女が、いわゆるお女中でないのは一目瞭然だった。

「——はあ、さいですか」

「父が長尾村というところに隠居していたので、わたくしも一緒に住んで、畑を耕していたの。でも、蛭にたかられたことはないわ。怖いものですか」

「血を吸いますからね。腫れるし、だいいち気持ちが悪うございますから、怖いというよりは嫌なものですよ」

おごうは多紀の帯を締め、小袖の先をぴっと引っ張った。

「実はあたしも、これから石野様が多紀様をお連れする場所がどこなのか、よく知らないんです」

あたしらは近寄っちゃいけないところなので、と言う。

「ここの裏手の山を、上まで登るようです。石野様にお供する寒吉――昨日、多紀様の馬を引いた家人ですけど、あいつはときどき行き来しています。そういえば寒吉は、多紀様と一緒においでになったあの若いお武家様」

「わたくしの従弟です。田島半十郎」

「田島様ですか。あの方も、一度ご案内したことがあるそうですよ。いっぺんだけで、二度目はもうお一人で行かれるから案内は不要だと言われて驚いたって」

これまた半十郎らしい。

「藪(やぶ)やぬかるみに足を突っ込まないように、あと、蜂(はち)にも用心してくださいまし。山道の途中に巣をかけているらしいから」

五香苑の東側の詰め所、厩(うまや)のあるところに出て行くと、支度を調(ととの)えた石野織部と半十郎が待っていた。二人とも袖口を紐で締める下着を着込んでおり、裁付袴(たっつけばかま)は目の詰んだ織りの草木染めだ。これも虫除けのためだろう。

同行するという衛士は、昨夜ここで見かけた、むくんだような顔の者だった。

「では参ろう」

衛士が先頭、織部と多紀を挟み、半十郎が後尾についた。

「多紀殿、お辛(つら)くなったらすぐそうおっしゃってください」

半十郎はわたしをお姫様だと思っているようだけれど、これでも鋤や鍬を使わせたら貴方より上手いんだから――などと思い上がっていられたのは暫しのあいだで、藪のあいだをうねうねと登る小道を、木の根を踏み越えて登ってゆくうちに、多紀は息が切れてきた。もう梅雨は明けてしまったのだろうか。日差しは夏のそれだ。灌木がそれを照り返すので、なおさら眩しい。

石野織部は、確かな足取りで登ってゆく。

「このあたり一帯は、昔から何度も山火事で焼けておるので、背丈の高い木々が生えなくなっているのだよ」

山火事の原因のほとんどは落雷である。何度も焼けて小高い梢が消えてしまうと、雷は他所へ落ちるようになる。そうすると灌木が生え始め、やがてはまた木立も育つが、また落雷で火が出る。その繰り返しだ。

「五香苑とお庭を守るため、館の周囲だけはコナラやブナを植えてある」

あれは植林した森だったのだ。

「雷も、落雷の害さえなければ、遠目には美しいものじゃ。館が面しているあの湖は、山へ落ちる雷の眩い光がよく映るので、雷神の手鏡という意から、〈神鏡湖〉という」

滴る汗を手甲で押さえつつ、振り返って見おろしたその神鏡湖は、思いがけないほど下方にあった。

「多紀殿、お辛くはありませんか。戻りましょうか」

半十郎は、ここまで来てもやっぱり、多紀と〈彼奴〉を引き合わせたくないらしい。

「わたくしは大丈夫です。半十郎さん、笠の上に大きな蜂が飛んでいますよ」

蛭除けが必要なのは、途中でいったん道が下り、日陰が濃く淀んでいるあたりだった。どこかから水が染み出しているのか、じめじめしている。

「ここも落雷で岩場が砕けてできた窪地じゃ。山をも穿つ、雷神の力は恐ろしいの」

窪地を抜けるとまた登り道になり、灌木も減って、剝き出しの岩場がせり上がってきた。

「ここまで登ると、一年中の大半を北見の風に吹かれる岩山になる」

しっとりと濃い緑色の苔のあいだに、ちらちらと小さな花が咲いている。その花も葉も平べったく、地を這うようだ。

「このあたりには、北見藩の天然自然の眺めが凝縮されておる。だからこそ藩主の別邸を建てるにふさわしいと選ばれたのだそうだ」

汗を拭いながら、織部は言う。半十郎は岩場の一部になってしまいそうな固い顔つきだ。

　まず衛士が、続いて織部が足を止めた。岩場の手前がいったん平らになり、先へ行ってまた急峻に上がっている。その境目に簡素な小屋があった。

　衛士が一人、そこで立番をしている。先頭の衛士が手にした短い投槍を捧げて挨拶すると、立番も同じことをして応じてから、織部を認めたのだろう、一歩脇に退き、一礼した。

「ご苦労」

　織部が手ぬぐいと笠を取る。多紀もそうした。視界が開けた。周囲を見回し、胸いっぱいに空気を吸い込む。

　そのとき、気がついた。あれは小屋ではない。壁が向う側に抜けている。抜けた先は真っ暗闇だ。洞窟か。こんなところに？

　その闇が大きな声を発した。

「ようやくお目見えか」

　男の声だ。無理に張り上げて、割れている。

「行ってご覧」

　織部が多紀を促した。

「あれは岩牢になっておる。格子に手を触れてはいけない。そう深く覗き込まずとも、話はできるはずじゃ」

多紀は足を踏み出し、半十郎がすぐ後ろについてきた。

格子のすぐそばに、男が一人、床に尻をおろし、脚を投げ出すようにして座り込んでいた。髪も髭も伸び放題に伸びて乱れ、顎は尖り、しかし目は炯々と輝いている。まったく知らぬ男だ。が、面差しに見覚えがあるような気がするのは何故だろう。口の端を吊り上げるようにして笑みを浮かべると、囚われの男は言った。

「まず真っ先に、一之助を助けてくれた礼を言うべきなのだろうな」

あっと思った。この面差し、この目鼻立ちは、あの愛らしい芥子頭の幼子に似ているのだった。

この囚人は、伊東成孝だ。

第三章　亡霊

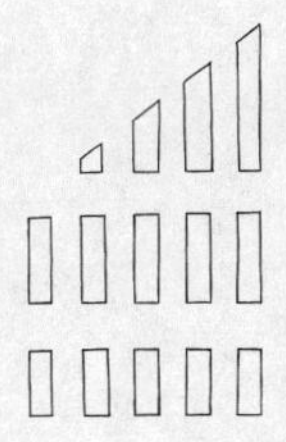

一

岩牢のなかの男は顎の先を持ち上げると、さも面白そうな顔つきで、多紀のすぐ後ろに向かって声を投げた。

「そう怖い顔をするな」

多紀の背中に寄り添い、両手の拳を握りしめている半十郎を冷やかしたのだった。

「俺は獣ではない。多紀をとって喰らいはせんから、安心しろ」

不躾な物言いに、驚く暇もなかった。半十郎の顔が一気に紅潮し、岩牢の格子を掴むと、怒声を放った。

「多紀殿を侮辱するか!」

「名を呼んだだけで侮辱になるのかね」

「貴様のような罪人が――」

「半十郎さん、ちょっと待って。わたくしなら大丈夫ですから」

多紀は半十郎を制すると、地面に両膝をつき、岩牢の格子に手をかけて、顔を近づけた。

「貴方は――元の御用人頭、伊東成孝殿なのですね」

囚われの男は顔の笑みを消し、真っ直ぐに多紀の目を見ると、

「いかにも」と答えた。「但し、その名はもう捨てた。いや、伊東成孝というかりそめの人物は、重興様が押込められたとき、切腹して果てたと言う方が正しいか」

「では、今ここにいる貴方は何者なのでしょう」

「それは順々に聞かせてやるさ」

こけた頬が、また楽しそうに緩んだ。

身に帯びるのは垢じみた帷子ひとつ、尻の下には筵を敷いているばかり。この男の歳は確か、北見重興より少し上、三十路にかかるくらいのはずだが、その若さであっても寒かろうし、身体のあちこちが痛かろう。

だが、その瞳の底には混じりけのない喜色がひそんでいる。いったい何がそんなに

面白いのか。

薄汚れた囚人は、無礼千万にも顎をしゃくって、石野織部の方を指し示した。

「そこにいる館守も、そのつもりでおまえをここへ連れてきたのだろうから」

織部は小屋から少し離れ、床几に腰掛けている。疲労の色が濃い。衛士も案じて労っているようだ。

やはり壮健な身体ではないのだ。さらに織部は、これまで多紀が北見の侍たちの顔の上には見出したことのない表情を浮かべていた。父も兄も、別れた夫も、小野庄三郎も、おなごにこんな顔を見せたことはない。

石野織部は悲しんでいる。そして、

――哀れんでおられる？

誰を。この囚人か。それとも多紀を。

心を引き締め、己を奮い立たせると、多紀は囚人に向き直った。

「ならば、まずお答えくださいませ。貴方はわたくしの父・各務数右衛門と、あるいは各務家と、どのような縁がおありなのですか」

ほう――と、囚人は両の眉を持ち上げる。

「なぜ縁があると思うのだ？」

「そうでなければ、貴方が大事な幼子を託すはずがありません。各務の娘であるわたくしの名をご存じの上に、馴れ馴れしく呼び捨てにするわけもないでしょう」

「俺に呼び捨てにされては不愉快か」

「はい」

伊東成孝は鼻先でふふんと笑った。

「勝ち気だな。それが災いして出戻りの身になったんだろう」

「何を言う！」

またぞろ半十郎が犬のように嚙みつきかかる。

「半十郎さん、落ち着きなさい」

「しかし多紀殿、此奴は――」

地団駄を踏む半十郎を、多紀はきりりと仰いだ。

「わたくしは、少し静かに話をしたいのです。よろしいですね」

「話なら私が」

「い、い、い、よろしいですね」

「――はい」

伊東成孝は岩牢の壁に寄りかかり、すっかり寛いだふうに懐手をして、二人のやりとりを笑っている。

「貴方は無礼な方ですね」

惨めな囚人を見据えて、多紀は言った。

「そのようなふるまいを恥とも思わぬ、貴方は武士ではありません」

伊東成孝は薄笑いのまま、たじろぎもしない。険のある目鼻立ちだから、皮肉な笑みがよく似合うところがまた癪に障る。

そうか——と、多紀は気づいた。

御用人頭として権勢をふるっていたころには、左様しからば某そなたで日々を暮らしていたであろうに、そうした礼儀の全てを忘れ、俺、おまえと言い捨て、場を憚ることなく笑っているこの男は、明らかにもう武士ではない。だが、それで少しもおかしくはないのだ。元に戻っただけなのだから。この男はそもそも、藩主が野駆けに繰り出すような鄙な山村に暮らす郷士の若者に過ぎなかったのだから。

「危急の際に、各務数右衛門殿ならば一之助を託して頼むに足ると思った理由は、二つある」

懐手をして壁に寄りかかったまま、痩せこけた囚人はそう言い出した。多紀の問いかけをはぐらかさず、答えるつもりらしい。

「一つめには、各務殿が公正で情に厚い人柄だと知っていたからだ」

「貴方が父の何をご存じだというのです」

「この目で見たからさ」

それは、数右衛門が隠居する二月ほど前のことだという。

「俺は重興様の名代として、千川・永池の灌漑用水工事の巡視に赴いたのだが」

その折に、彼に供していた下役が、土嚢運びをしていた役夫の粗相で泥水を跳ねかけられ、居丈高に怒って無礼討ちにしかけるという騒動が出来した。

「騒ぎを聞きつけると、各務殿はすぐさま役夫を取り押さえ、下役に詫びると俺のもとへ馳せ参じて、地べたに額をこすりつけて謝罪した。そして、この各務の一命に替えてと、役夫の助命を請うた」

見惚れるほどの潔さだった――と言う。

「あの日は雨あがりで、あちこちに水たまりができていた。作事の場に不慣れな者がうろうろしていれば、泥水のひと跳ねぐらいかかったところで致し方ない。しかし、各務殿はひと言の申し開きもしなかった。役夫の粗相は作事方の不始末であると認め、どのような処罰であれ、組頭であるこの各務数右衛門が受けると言明されてな」

多紀よりも以前から今般の事情に通じ、この岩牢にも一度ならず通っていたはずの半十郎も、この話は初耳だったのだろう。思わずというように、問い返した。

「それで、貴様はどう決裁したのだ」

「下役を罷免（ひめん）した」

言って、伊東成孝は半十郎に笑いかけた。

「俺は最初からそのつもりだったのだ。泥跳ねぐらいのことも堪（こら）えられぬくせに、作事の場に供してくる方が悪い」

「じゃ……役夫はお咎（とが）めなしに」

「屹度（きっと）叱（しか）りおいただけだ。徴用されていても、本来はその地の田畑を耕す働き手だぞ。めったに命を奪うことなどできるものか。国というものは、百姓で保（も）っているのだ」

多紀は、軽く胸を打たれたような気がした。これまでの暮らしのなかで、身近な武士の口からこのような言葉を聞かされたことはない。

先ほどとは別の意味で、思った。

――やはり、この人は芯（しん）からの武士ではないのだ。

多紀の眼差（まなざ）しのわずかな変化には気づかず、伊東成孝は続ける。

「一途（いちず）に謝罪しながら、各務殿は俺にこう言上したものだ。たったひとつの粗相で役夫の命を奪っては、北見藩がどれほど領民のためを思って行おうと、今後すべての作事が恐怖と憎しみの的になってしまう。それでは国が保ちませぬ、と。俺はその言にも感服したから、殿の名代として褒めてとらすと言ったが、あいにく、にこりともしてはもらえなかったよ」

半十郎がぼそぼそっと、伯父上らしい――と呟いた。

背後で、石野織部が咳き込んだ。多紀は身をひねり、そちらに目をやった。織部は片手で口元を押さえながら、かまうな、という身振りを返してきた。

伊東成孝も、それを見ていた。

「無理をしなくても、多紀を連れてくるだけなら半十郎がいれば充分だろうに。石野さんも妙なところで義理堅い」

分を弁えぬ口調だが、少しは織部を気遣っているように聞こえる。多紀、半十郎と呼び捨てるのも、ただ無礼なだけのようでもあり、それだけでもないような気もする。

「館守殿が凍えてしまわぬうちに話さねばならんな」

せっかくだから、せいぜい勿体をつけたかったのに――と、囚人はぼやいてみせる。

「屋敷の乳母に、いざというときには一之助を抱いて各務殿を頼れと言いつけた理由の二つめはな、多紀。重興様が藩主の座から追い落とされ、俺がこのような立場に追い込まれるときには、どのみち、否応なしに各務家を巻き込んでしまう。少なくとも数右衛門殿とおまえを巻き込んでしまうだろうことが、目に見えていたからだ。だから、他の誰を頼るよりもいいと思ったのだ」

妙なことを言う。これは聞き捨てならない。

「なぜ、どのみちわたくしどもを巻き込んでしまうのですか」

答える前に、伊東成孝は半十郎に問いかけた。「多紀には、佐恵(さえ)の出自のことを教えてあるのか」

何か考え込んでいたらしい半十郎は、慌(あわ)てて厳(いか)めしい仏頂面(ぶっちょうづら)を取り戻す。

「ああ。昨夜、石野様から——」

「それなら話が早い」

岩壁から背中を離して身を起こすと、伊東成孝はしみじみと多紀の顔を見つめた。

「俺の母親の名は、八重(やえ)という。北見領の北東の山のなかにある小さな村、出土(いづち)村の村長の娘だ」

出土村。村長の娘。昨夜、多紀が織部から聞かされたばかりの話ではないか。

多紀が察したことを察したのだろう。彼はひとつうなずいた。

「そうだ。おまえの母と同じだ。八重と佐恵は五歳違いの姉妹なんだよ。おまえの母である各務佐恵は、俺の叔母なのだ」

「だから俺はおまえの従兄だ。そこにいる田島半十郎とは違う、真の血縁だ」

と、いうことは――

多紀は啞然とした。それで腑に落ちる。この男の態度や口調の馴れ馴れしさ、図々しさは、斜に構えてはいるけれど、身内の親しみの表れだったのだ。

何てこと。多紀は二重に呆れ、絶句してしまった。そこへ、堪りかねたように半十郎が口を出した。

「血が繫がっていなくとも、佐惠殿は今も慕わしい私の伯母上だ。多紀殿も大切な従姉だ。貴様など、伯母上のことも多紀殿のことも、何も知らぬではないか」

「ああ、知らん」

子供が売られた喧嘩を買うように、伊東成孝は言い返す。

「知りたくとも、俺の叔母の佐惠は、たった八つのときに城下へ連れ去られてしまったのだからな。俺の母は可愛い妹の身を案じ、寂しさに幾晩も枕を濡らしたと、思い出してはまた涙ぐんでいたものだ」

「田島の祖父は、無理矢理に佐惠殿を連れ去ったのではない。養女に迎えたのだ」

「いいや、子守女にして追い使うつもりだっただけだ。養女にしたのは成り行きさ」

「どこにそんな証がある？　伯母上は、田島の家で慈しまれて育ったのだ」

「それこそ、どこにその証がある。おまえこそ何ひとつ知らなかったくせに」

「おやめなさい！」

多紀の叱責に、岩牢の格子を間に挟んで声を張り上げ合う二人の男は、てんでに意固地そうに口を閉じた。

「半十郎、そのように意地を剝き出しに口論するなど、武士のふるまいではありません。恥ずかしいと思いなさい」

半十郎はたちまち、棒でぶたれた犬のようになった。

「――申し訳ありません」

伊東成孝がまたくつくつ笑い出す。多紀はそちらも睨みつけ、一喝した。

「貴方もです！」

その気色と声音の厳しさにちょっとたじろぎ、彼は肩をすくめた。

「俺はもう武士ではない。こんなところに放り込まれ、身体に苔が生えかけている、ただの罪人だ」

「ええ、そうでしょうとも。わたくしも、貴方の面目などはどうでもいい。好きなだけ苔まみれになって、腐っておいでなさい。でも、貴方が不作法に振る舞い、そこらの下人のように他人に喧嘩を売って嘲笑うのを捨て置くわけには参りません。それでは、かつて貴方を御用人頭として重用された六代様のお顔に泥を塗ることになるからです。そのような不忠の極みを見過ごしにしては、北見藩家中の女として、わたくしは亡き父に顔向けができません」

岩牢のなかで、髷も髭も見苦しい痩せこけた囚人が目を瞠る。そして初めて、皮肉さの欠片も含まぬ素直な笑みを浮かべて、こう言った。

「なるほど、もっともだ。多紀、おまえにはかなわん」

と、後ろで石野織部がまた咳き込んだ。いや、咳だけではない。笑っているのだ。可笑しくて吹き出して、ついでに咳が出ている。

「もうよい、分かった分かった」

衛士に支えられ、織部はゆっくりと床几から腰をあげた。

「繰屋の新九郎、おぬしの従妹の気骨のほどが、これでよく知れたのう」

繰屋の新九郎？　多紀と半十郎が顔を見合わせると、織部は続けた。

「それがこの男の真の名前じゃ。繰屋は名字ではなく、通称というか、屋号のようなものでな。出土村では、村長の一族はこれを名乗っておった」

「御霊繰をする一族として、昔からよく知られていたからだ」

伊東成孝――繰屋の新九郎が、すかさずそう言った。

「俺の母の八重は村長の長女で、一族の跡継ぎ、武家で言うなら総領にあたる娘だった。御霊繰の力も強かった」

母の佐恵の出自と、御霊繰という不思議な技(わざ)。その二つが、ここで繋がっていたのか。母の姉、多紀にとっては伯母にあたる女人が、御霊繰の優れた使い手だった——

「半十郎、済まぬが衛士に手を貸してやってくれ」

石野織部は腰をさすりつつ、何でもないことのように言い出した。

「新九郎を五香苑(ごこうえん)に連れ帰る」

「え!」

半十郎はもちろん、二人の衛士も飛び上がらんばかりに驚いたが、織部は涼しい顔だ。

「案ずるな。新九郎は従順(おとな)しくしておる。のう?」

当の本人も魂消(たまげ)ているらしく、割れたような声でつっかえつっかえ言う。

「そ、外に出たら、俺は逃げるぞ」

「おぬしが逃げたら、多紀を斬(き)る」

半十郎が声を裏返し、「ええ!」と叫んだ。

「田島、喧(やかま)しい」

「し、しかししかししかし」

「これからは多紀が新九郎の牢番となるのじゃ。このおなごなら充分に務まる。さあ急ごう。ここは寒くてかなわん」

二

――殿方というものは、みな強がりです。

どんな折だったかは忘れてしまったが、多紀は、母の佐恵にそう諭されたことがある。

――己にとって少しも益にならぬことでも、強がってしまうものなのよ。

その教えは正しかった。本当にお母様の言うとおりだと、多紀は思った。

岩牢から引き出された繰屋新九郎は、あの冷やかしや皮肉や、大笑いをするだけの元気がこの身体のどこにあったのだと驚くほどに、弱り切っていた。骨と皮ばかりになった身体じゅうが痣だらけ、傷だらけで、とりわけ背中と両脚の膝から下がひどい。打ち身が凝り、切り傷の傷口が膿んで崩れている。自力で歩ける状態ではなく、半十郎と衛士たちが交代で彼を背負って山を下りた。

当人も、最初のうちこそ背負われてまだ半十郎をからかったり、多紀に、俺を手ひどく仕置きさせたのは筆頭家老の脇坂の古狸で、あれは居室で一人になると人の皮を脱ぎ捨てて正体を現すぞ——などと毒舌を叩いたりしていたが、しばらく進むうちに静かになったと思ったら、ぐったりと気絶していた。

まったく、どれほどの強がりだ。呆れる多紀に、石野織部が詫びるように低く言った。

「脇坂様も、一時は分別を失っておられたのだ。そうでなければ、このような仕置きを許すお方ではない」

筆頭家老が分別を失うほどの事情とは。謎はまだほんの一端が解かれただけだ。

「そなたには、ただ驚くことばかりが続いているだろう。済まんが、この先はまず新九郎の言い分を聞いてやってくれ」

そのように言う織部の目の奥には、ある沈鬱な色があった。

五香苑では、新九郎は東の詰め所に近い一室を与えられた。半十郎は反対したが、多紀はその看護を願い出て、

「わたくしは牢番なのですから」

そのとき初めて、重興のためにここにいる医師、白田登と顔を合わせた。

おごうが親しみと敬愛をこめて「若先生」と呼ぶ青年医師は、歳は多紀の兄の総一郎と同じくらいだろう。うこん色の作務衣が身に馴染んだ、およそ偉そうに構えたところのない人物だった。

しかも、温和な眼差しを多紀にあてて、真っ先に父・数右衛門を悼んでくれた。

「父をご存じでしたか」

「慈行寮では、怪我を負った役夫や、かつて役夫に徴用されたことのある病人を診る機会が何度かありました。皆、お父上のご人徳を慕っていた。惜しい方を亡くしたものです」

医師はてきぱきと新九郎の身体を検め、傷を診た。そして言った。

「この人が我を折り、命が尽きぬうちにここへ戻ることを許されて、私も安堵しました」

新九郎が酷い仕置きを受け、その状態のまま山の上の岩牢に閉じ込められたことを承知していたのだろう。一人の医師としては、放っておくべきではない。だが、藩士としては上士の命に従うしかない。白田医師も、この館が懐深く隠している事情に搦め捕られているのだ。

多紀は黙って目礼した。今は、新九郎に生き返って、、、もらうのが先だ。

白田医師は、湿布の仕方や晒の巻き方、薬湯の与え方などをわかりやすく教えてくれた。

「右膝のこと、肋のここ」

指で示してみせて、

「これは打ち身だけではありません。骨が折れている。折れたまま歪んで固まってしまったようだ」

新九郎は痩せて体力も落ちているから、滋養をとらせて安静にしておくのが第一だが、

「同じ姿勢で寝かせておくのは褥瘡のもとですし、いっそう身体が固まってしまいます。日に何度か、当人が痛みに泣こうが喚こうがしっかり寝返りを打たせ、手足を動かしてやってください」

容赦のない指図である。

「貴女お一人では手に余るようなら、おごうか寒吉を呼びなさい。二人ともよく心得ていますから」

「いえ、その折には私が」

肩を怒らせて請け合ったのは半十郎である。

「多紀殿が牢番なら、私は獄卒でござる」

「はいはい」と、多紀は笑った。

山から下りて三日のあいだ、新九郎は断続的に眠り続けた。岩牢で冷え切っていた身体は高い熱を発し、眠っていても息をはずませている。多紀が世話を焼くと、泣きも喚きもせずされるままになった。重湯も素直に呑んだ。但し、厠にだけは這ってでも自分で行くと言い張り、結局、そのたびにまた半十郎に担いでもらう羽目になった。

「これでは、私は獄卒ではなく厠番だ」

文句を言いつつ、いちいち担いでやる半十郎の顔つきも、少し和らいできたように見える。どれほど腹立たしく憎らしい相手でも、傷つき弱っている様を目の当たりにしては、つい同情してしまう。これは半十郎の優しさでもあり弱さでもあるが、多紀は感謝した。新九郎のためばかりではない。多紀の心も、それでずいぶん安らいだからだ。

うつらうつらと眠っては覚め、また眠る。覚めているとき、新九郎はしきりと話をしたがったが、多紀はそれを止めた。

「お身体がよくなってからにしましょう」

多紀自身も、この館での明け暮れに馴染むために、何かと落ち着かなかった。父と二人の隠居所の暮らしとは、すべてにおいて勝手が違う。炊事や掃除、洗濯や薪割りなど、日常のことは寒吉たち奉公人やおごうに任せておいた方がいいらしく、うっかり手伝おうとすると、かえって困惑される。彼らはその困惑顔で、暗にではあるけれど、多紀に、館の奥へ近づいてはいけないと示しているようにも感じられた。

半十郎も言う。「石野様にお許しをいただけたので、私はときどき衛士にまじって見回りをしておりますが、お館様のおられる奥には近寄ったことがございません。衛士たちも、常に館の外側を回っています」

「そう。もちろん、みだりに奥へ入っていいわけはないと思いますけれど……」

「多紀殿は気づかれましたか。日に何度か、ごろごろと重たい音がしています」

言われてみればそんな気もしたが、何かと忙しくて、気に留めていなかった。

「さあ、どんな音かしら」

「おそらく、引き戸を開け閉てする音だと思われます。石野様と白田先生が奥へ出入りされる際に、必ず聞こえてきますから」

二人は顔を見合わせ、どちらからともなく目をそらした。北見重興は、乱心の故に押込に処されたのだ。病状の度合いによっては、ここでまさに字義通りの〈押込〉の身になっていてもおかしくはない。

「それより、ここに来た最初の夜に、わたくしは、どこかで女人の泣く声を聞きました。半十郎さん、心当たりはありませんか」

「私がここで顔を見知っている女人といえば、多紀殿のほかは、あのおごうという女中だけですが」

「もしかしたら、お館様にはお国様がおそばについておられるのかしら」

江戸から出られない正室とは逆に、藩主の側室は国許を離れない。だから一般に〈お国様〉と呼ばれる。

「六代様は、側室を置かれていなかったはずですが」

「そう……。でも、表向きにしていなかっただけかもしれませんよ」

う～んと、半十郎は腕を組んだ。

「多紀殿、その泣き声は、確かに女人の声でしたか」

子供の声ではなかったか、と尋ねる。

「わたくしも夢うつつでしたから、確かかと問われると自信がないわ」

「そうですか。実は——多紀殿はまだ会っておられないようですが、ここには、おごうのほかにもう一人女中がいるのです」

十四歳の少女で、名をお鈴というそうだ。

「このお鈴が、叱られたか何かで泣いていたのではないかなあ」

「まあ、だとしたら可哀相なことをしてしまったわ」

半十郎は多紀の顔を見ると、そっと周囲の様子をうかがい、声をひそめた。

「お鈴は努めて人目に立たぬように立ち働いているらしく、私も、あれが小うさぎのようにすばしっこく通り過ぎるのを何度か見咎めまして」

——あれは誰だ。不作法ではないか。

「それで、おごうが教えてくれたのです。当人とは言葉をかわしたこともありません。ただ、それも無理もないというか、強いて引き止めて挨拶するのもさせるのも、酷なように思えまして」

お鈴は、顔にも身体にも、ひどい火傷の痕があるのだという。

「もう九年ほど前になりますか。師走の風が強いころに、城下の職人町筋で大火がありましたね」

多紀はうなずいた。「隠土様の大火ですね。ええ、よく覚えています」

城端にいても煙の臭いが凄かったし、火の手が武者長屋や屋敷町の方まで広がってくるのではないかと恐ろしくてたまらなかった。

「お父様も城下に戻っていらしていて、すぐさま作事方の下士を束ねて火消しにお出かけになり、兄上も様子を見に行ってしまって」

総一郎は、年が明ければ元服の儀を迎えることになっており、当時、各務家の奥にはその支度が調えてあった。

「お母様は、兄上が元服を目前に命を落としてしまうのではないかと、顔色を失うほど心配したのです。わたくしも不安で不安で、つい泣きべそをかいていたら、そこへ田島家から貴方が転がるように走って来たのです」

——伯母上、多紀さま、ご無事ですか。

「貴方だって十ぐらいだったのですもの、真っ黒な煙が怖かったでしょうに、まあ、負けん気は一人前でした」

——ご安心ください、この半十郎がお二人をお守りします。

半十郎は頭を掻いた。「そんなことを申しましたかねえ」

この男子も、子供のころから強がりだった。

「それで——ええと、お鈴というその女中は、その大火で家族を亡くし、自身も大火傷を負って死にかけて、慈行寮に引き取られた孤児だそうなのです」

この館には、白田医師について来て奉公しているのだという。

「おごうの妹分のようなもので、実にしっかりした働き者だそうですよ。ただ、何分にもそのような姿なので、人前に出ることは辛いのでしょう」

だから、小うさぎのようにすばしっこく立ち働いて、まわりの人びとの目にとまらぬようにしているのだという。

「そう……。じゃあ、わたくしも、見かけたらこちらの名前ぐらいは名乗るようにしましょう」

そんなやりとりをしたのが、新九郎が山から下りて三日目の昼のことだ。その日の夕暮れ時、多紀は、今度は子供の声を耳にした。

新九郎に付き添ったままの夜明かしが二晩続き、多紀も少し疲れていた。わずかなあいだ、彼の枕頭でうとうとしたらしい。そこへ、子供の笑い声が聞こえてきたのだった。

はっと起きて、耳をそばだてた。間違いではない。鞠を転がすように声をはずませ、子供が笑っている。静かな五香苑の内に、澄んだ声はよく通った。

——お鈴という子かしら。

だが、お鈴の歳は十四だという。今、奥から聞こえている笑い声は、もっと子供だ。それこそ隠土様の大火のときの半十郎ぐらい、十かそこらだろう。いや、もっと幼いか。

新九郎はよく眠っている。額に手をあてると、ようやく熱が引いてきたようだ。

手桶(ておけ)の水を新しくしようと、多紀は座敷から廊下へ出た。そして、東の詰め所の端から井戸端へ回ったところで、

「あら！」

当のお鈴と鉢合わせをした。

なるほど、まだ一人前の女になりきらぬ女の子である。つっ丈の小袖(こそで)にきりりと襷(たすき)をかけ、前垂れをつけている。髪は玉結(たまむす)び、額には豆絞りの手ぬぐいを鉢巻きにして、胸に盥(たらい)を抱えていた。そのなかにはすり鉢や乳棒、小皿がたくさん入っている。洗い物をしに来たところなのだろう。

お鈴は後ろにぴょんと飛びはね、盥の中身を騒々しく鳴らして頭を下げた。

「ご、ご無礼いたしました！」

多紀は急いで近寄り、そこに膝を折ってしゃがんだ。

「いいえ、いいのですよ。わたくしの方が急いでいたのがいけないのです」

「いえ、あの」

お鈴が逃げだそうとするので、盥の中身がまたがちゃつく。

「慌てると、器が割れてしまいますよ」

手を差し伸べ、盥が傾かないように支えてやりながら、多紀は微笑(ほほえ)みかけた。

「初めてお会いしますね。わたくしは多紀と申します。石野様のご命令でこちらに参りまして、あなたと同じように務めています。よろしくお見知りおきくださいね」

お鈴は見るからに狼狽(ろうばい)し、目がうろうろと泳いでいる。

「へ、へえ」

「あなたはお鈴さんね。ひとつ教えてくださらないかしら」

お鈴が逃げないように盥の端をつかんだまま、多紀はできるだけ優しく問いかけた。

「ついさっき、奥で小さな子供の笑い声がしていたの。あなたには聞こえた?」

お鈴はまばたきをすると、やっと多紀の顔を見た。そうっと下から窺(うかが)うような眼差しだが、目のうろうろは止(や)んでいる。

「――子供、で、ごぜえますか」

「ええ。あなたよりもっと小さい子よ。何だかとても楽しそうに笑っていました。この五香苑には、それぐらいの歳の子供がいるのかしら」

お鈴の口元が動いた。返事に詰まっているというより、迷っているようだ。

火傷の痕は確かにひどいが、実は、お鈴は器量よしだ。目鼻立ちが整っているし、火傷に襲われなかった肌は白く、肌理(きめ)が細かい。

ちょうどそこへ、館の奥からごろごろと重たいものを転がすような音が響いてきた。

「あ」と、お鈴は小さく言った。「あれで、もう止みます」

「え？」

「奥からどんな人の声が聞こえてきても、あの音がすれば止むんです。いつもそうですから、多紀様もご案じにならねえでくだせえ」

それだけ言うと、するりと身をかわして逃げていってしまった。

狐につままれたような気分で、多紀は新九郎の寝間に戻った。

「おまえにも聞こえたか」

出し抜けに問われた。新九郎は目を開いている。

「子供の声だ。さっき笑っていたろう」

「ええ、はい」

「ほかに、怪しい声を聞きつけたことはないか。たとえば女のしゃべる声や、野卑な男の喚き騒ぐ大声などを」

多紀は目をしばたたき、新九郎を見つめた。

「貴方はご存じなのですね。あれは誰なのですか」

その問いに、新九郎はいったん目を閉じ、深くため息をつくと、言った。

「誰にしろ、この世の者ではない」

あれは、亡霊だ――

三

出土村は戸数二十余、村人の生計のもとは炭焼きと麻の栽培、麻糸と麻織物作りだ。水利がよくないので、陸稲は作るが水田はなかった。米はかろうじて村人を養うくらいしか穫れない。年貢は麻の収穫高で決まり、糸や織物の売り上げにも一定の上納金が課せられる。北見藩の山村では、これはごく普通のやり方だ。

村長である繰屋の一族は、そこがひとつの集落・出土村となる以前、ただ〈出土〉と呼ばれていたころから住み着いていた人びとであるらしい。文書が残されているわけではないので、あくまでも「らしい」だが、

「俺は、幼いころから婆様にそう聞かされて育ったのだ。出土の者は、徳川将軍家からここに領地を与えられてやって来ただけの北見家よりも、もっとずっと深くこの地に根付いているのだ、と」

新九郎の言う「婆様」とは彼の祖母、八重と佐恵姉妹の母親である。村の人びとか

らも「繰屋の刀自様」と仰がれていたという。

旧き出土の人びともやはり山地を耕して細々と暮らしていたが、戦国の世では男衆は足軽として戦に出たり、野武士として集落を守り、近くで合戦があれば逃げ隠れるどころか、進んで落武者狩りもしたようだ。繰屋の家の奥には、そういう折に奪い取ったものか、立派な甲冑一式が飾られていたことを、新九郎はよく覚えているという。

「繰屋の家が村長として認められたのも、おそらくそういう折に、他の誰よりも勇猛果敢な働きをしたからだろう」

だがそれでも、繰屋の一族の束ね役は、常にその代の刀自であった。なぜなら、御霊繰の技を行うことができるのも、その際に死者の魂をおろす依代となることができるのも、女人か少女に限られていたからである。

そもそも御霊繰の技は、繰屋の一族の内だけで密かに行われていたもので、死者を呼び出して交流するのが目的ではなく、占術だったのだそうだ。その年の気候、災害や疫病の有無、戦乱の行く末――この世の人の身には知り得ぬ先々の不安に備えるための卜を行い、その神託を受ける際の仲立ち役として祖霊を降ろし、助言を請うたのが始まりなのだという。

北見領内一帯には、〈隠土様〉という土地神への信仰がある。隠土様は、土のなかにいるから農事の神であり、幽世の神だ。そして〈出土〉は、その辺りが、隠土様が年に一度、国中の神々が出雲の地に集う神無月（十月）にここからお姿を現して西へ向かい、神無月が終わればここに戻って地中へ帰られるという、いわば玄関口にあたるところから冠せられた地名なのだという。

「だから、出土の者は隠土様の玄関を守る衛士だ。繰屋の一族はその裔なのだ」

繰屋の一族が呼び出す祖霊は隠土様に仕える霊力の強い心霊であるからして、明瞭なトをもたらす助けになると恃みにされていたのだ——と、新九郎は語る。

多紀は半十郎と並んで、彼の枕頭に座っていた。大急ぎで呼びつけられ、すわ何事かと駆けつけてきた半十郎だったが、今は何だか狐につままれたような顔をしている。

「私は、占卜のことにはとんと不案内で」

太い眉毛を上げ下げして困惑するのを、新九郎が叱りつける。

「それだから、俺が親切に噛み砕いて話してやろうというのだ。黙って聞いていろ」

熱が下がって落ち着いてきたら、岩牢にいたときの調子を取り戻したようだ。

ただひとつ、あのときと違うのは、固く凍ったような目の底の暗闇だ。今の新九郎は、何ひとつ面白がってはいない。真剣そのものだった。それが恐ろしくて、多紀はしんとして聞き入っていた。

「御霊繰はそういう技だったから、繰屋の者も、出土村の村人たちも、それを評判にしようとか、それで金を稼ごうなどという不謹慎な腹はなかった。御霊繰はあくまでも繰屋の家の内のことであり、出土村で守ってきた仕来り（しきた）だったのだから」

それは一方、けっして外部に漏らしてはならぬ秘事だというほど厳しく角張ってはいなかったわけでもあり、そのため、太平の世が到来して北見藩が落ち着き、外部との往来が盛んになると、繰屋と出土村の人びとの思惑からは外れて、御霊繰は少しずつ世間に知られるようになっていった。

——あの村へ行くと、死んだ者の魂を呼び返して会わせてくれるそうだぞ。

「まずは、麻糸や麻織物を買い付けにくる仲買人たちの口から噂（うわさ）になったのだろうと思う。それと、村にいちばん近い宿場は中山道（なかせんどう）から西へ入る木内（きのうち）街道の三ツ森宿だが、あそこには南部から江戸へ馬を連れてゆく馬喰（ばくろう）たちがよく逗留（とうりゅう）するからな」

出土村が城下からは北へ遠く離れているということもあり、当初、噂はむしろ領内から外へとじわじわ広がり、次第に城下にまで届くようになっていった。

「婆様は、自分がようやく物心ついて、御霊繰の依代を務めるようになったころから、ぽつりぽつりと村に客が来るようになったと話していた」

——死者に会いたい。御霊繰をしてほしい。

「そうした客たちは、懐かしい死者に会いたい一心で、山道を歩いてくるのだ。他藩から来るなら、手形だって要る。そんな手間を踏んで訪ねて来る者を無下に追い返すわけにもいかないから、繰屋の家ではできるだけ親切にもてなした。望まれるとおりに御霊繰も行ったが、引き替えに金品をねだるようなことは一切しなかった」

御霊繰が評判になればなるほど、繰屋の家も出土村の者たちも身を慎み、神妙にふるまった。それは実に賢明だったようで、

「婆様が婿を取り、繰屋の刀自となって間もなく、藩の目付が郡代と検見役を従えて乗り込んできて、婆様と婿、つまり俺の祖父様だが、夫婦二人とも引っ立てられ、郡代のお白洲で厳しく責められる羽目になってしまったそうだ」

どうやら、出土村の御霊繰の噂が城下から城内にまで届き、それを誰かが聞き咎めたせいであるらしかった。

「だが、繰屋では御霊繰で金を稼いでなどいないし、こちらから死者に会わせると触れ回ったことなど一度もない。後ろ暗いことは何ひとつなかった」

それに御霊繰の技は、土台のところに隠土様信仰が横たわっている。これを取り締まると事が大げさになる――と言って、ここで新九郎は仰向けのまま喉を鳴らして笑った。

「何が可笑しいんだ」と、半十郎が尋ねた。

「婆様が言うには、怖い顔をして乗り込んできたその目付は、前の年の秋に、産褥で死んだ妻に会いたいと、御霊繰を請うてきた人物だったんだとさ」

「で、亡妻には会えたのか」

「もちろんだ。俺の婆様は、一族の歴史のなかでも飛び抜けて優れた繰り人だったそうだからな」

　御霊繰の技を使う者を、繰り人と呼ぶのだ。

「目付は泣いて感謝して帰って行った。お白洲で反っくり返っているのは郡代と検見役の手前で、本心では、ここで繰屋を潰してしまったら二度と亡き妻に会えなくなると、ひやひやしていたんだろう」

　半十郎は太い眉を寄せた。「というより、己が御霊繰を頼んだことが露見しては困ると冷汗をかいていたんだろう」

「どっちだってかまわん。ともかく、取り締まりの急先鋒であるべき目付がそんなふうだったから、形ばかりは厳しくしても、落としどころは決めてあったのだろう。婆様夫婦は、大した罪に問われることもなく、無事村に帰ることができたそうだ」

　これを機に、御霊繰を請うて訪れた者の名前とところを帳面に記しておくこと、今後も金品などの対価は一切受けないこと、依頼を受けて御霊繰をする月を決めおき、みだりに行わないこと、年に二度、郡代の帳面検めを受けること——などの取り決めを下され、以降、繰屋はそれを遵守することになった。

「取り決めをした半年ほど後には、当時のお国様が、亡き母に会いたいと、わざわざ出土村まで輿に乗ってやって来たそうだ。そのとき婆様の腹には俺の母がいたもんで、婆様の妹が繰り人になったんだが、やはり見事に死者を呼び戻すことができたから」

——褒美に、これをとらせましょう。

「北見家の家紋が織り込まれた、豪華な金繻子の帯を下されたそうだ」

その後、婆様の妹は、三ツ森宿の問屋場の主人から縁談を持ち込まれ、南部のある馬喰頭の家に嫁いだ。出土村で行われた内祝言では、花嫁はその金繻子の帯を締めて、

「天女さながらに美しかったたって、婆様は自慢そうに話していたよ」

但し、一度こうして公けの枷をかけられると、御霊繰を求めて出土村を訪れる客の数は、だんだんと減っていった。占卜にしろ魂おろしにしろ、お上の目が光っている下で行うというのは、ちょっと心地が悪い。帳面に名前が残り、もしも何かの拍子にお咎めを食ったら——と思えばおっかない。件の目付のような役職にある者は、まず来ることが憚られるようになる。

「客が遠のくのも無理はないし、それでよかったんだと、婆様は言っていた。御霊繰というのは、本来、大勢に見せる技ではないのだから」

繰屋も出土村も、従前のような静かで慎ましい暮らしを取り戻した。山の四季の移り変わりを眺めながら、隠土様のお玄関を守る衛士の裔の村は、長閑(のどか)に、安らかに、ずっとずっとそこにあるはずだった。

「——誰もがそう信じていたのに」

言って、新九郎はいったん口を閉じた。思い出したように、額に汗が浮かんでくる。

多紀は手ぬぐいでそれを押さえてやった。

「出土村は、今はもうない」

手を止めて、多紀は新九郎の目を覗(のぞ)いた。

「どういうことですか」

「繰屋の者は根切りにされ、村は焼かれた。村人たちも多くが死に、生き残った者も逃げ散ってしまった」

「根切りだと？」

まさかと、半十郎が目を剝く。無理もない。それは皆殺しの意味だからだ。

「まさかなものか。こんなことで思い違いをするほど、俺は愚かではない」

十六年前、新九郎が十四歳になった年の、正月明けのことだという。

「俺はそのころ、もう村にはいなかった。十二の歳に、片野庄の庄屋の家へ奉公に出ていたからだ」

片野庄とは、五年前、新九郎が、六代藩主になったばかりの重興に取り立てられるきっかけに恵まれた場所である。

「さっきも言ったように、御霊繰という技を持ってはいても、繰屋の者は神官でも呪術者でもない。ただの農夫だ。御霊繰を受け継いでゆくおなごは大事にするが、だからといって、繰屋の娘をみんな村に閉じ込めてしまうわけではない。婆様の妹がそうだったように、跡継ぎ以外は嫁にやる。男も同じで、他所から嫁取りをするし、他所へ働きに出ることも、普通にあるんだ」

新九郎もそうだった。もっとも、片野庄の庄屋は繰屋の姻戚にあたり、彼はただ奉公するだけではなくて、ゆくゆくは婿入りすることになっていたのだという。

「話を決めたのは婆様だから、俺はよく知らん。ただ、小作人にまじって畑を作るのだとばかり思っていたら、馬の世話を任されて驚いたし、嬉しかったよ。俺が馬術を覚えたのも、片野庄へ出てからのことなのだ」

庄屋の家は広い牧を持ち、多くの馬を養って、藩の御用馬の畜育にも携わっていた。

人馬一口令のある北見藩では、畜馬にも藩の鑑札が要るくらいで、御用馬を扱うとなったら、大変な名誉だ。新九郎は、それを得られるほどの分限者（資産家）の婿になるはずだったのだから、恵まれていたのである。

「俺には、そんなことはどうでもよかった。毎日、日の出から日の入りまで馬と一緒に過ごして、ただただ楽しかっただけだ」

だが、その楽しい日々を打ち砕くように、正月明けのその日、凶報が舞い込んできた。

「最初は、ともかくわけのわからない椿事だったのだ。庄屋が年賀の品を持たせて出土村へ遣った家人が、命からがら逃げ帰ってきて、繰屋の者はみんな殺されたと、真っ青になって訴えたのだから」

あまりに急な、しかも突飛なことで、庄屋の屋敷ではともかく家人を介抱したが、狼狽えるばかりだった。

「そこへ郡代の役人が追いかけてきて、その家人を連れ去ると、こんな空とぼけたことを言いやがった」

――かの者が、出土村の村長の家で盗みを働き、見咎められて逃げる際に刃物を持って暴れて何人も傷つけ、さらには火を放った。それが大火となって、村長の一家は一人残らず死んでしまった。亡骸も骨まで焼け、誰が誰かを見分けられぬので、そのまま埋めて葬ったそうだ。

「いきなりそんなことを言われて、誰が納得できるものか。件の家人は、庄屋が年賀の挨拶に遣るくらい信頼していた者だ。それも、その正月が初めてじゃない。毎年恒例のことだったんだ。繰屋で、どうしてつまらない盗みを働くものか。ましてや付け火などするものか。すべて大嘘、作り話に決まっている」

しかし、居候のような立場の、十四になったばかりの少年に何ができよう。庄屋が禍の広がりを恐れ、役人の言を丸呑みにして引き下がってしまったら、もうどうすることもできなかった。

半十郎が低く尋ねた。「——その家人はどうなった」

「無論、帰ってこなかったよ。亡骸さえ返されなかった。庄屋は、家人の盗みと付け火の罪に連座して、御用馬畜養の鑑札を取り上げられた上に、金三百両の過料に処せられた」

庄屋は諾々とそれを受け入れた。いや、大喜びで鑑札を返上し、数日奔走すると、三百両を工面して納めた。

「命あっての物種だ」と、半十郎が呟く。

新九郎は鼻を鳴らした。「ふん、臆病者めが」

「じゃあ、おぬしはどうしたのだ」

「暴れた」

俺は出土村に帰る。繰屋に、村に何が起きたのか、この目で確かめる！

「庄屋は、俺を捕らえて縄で縛ると、厩に繋いだ。俺が出せと喚くと猿ぐつわまで噛ませ、俺が騒げば大事な馬たちが怯えて病気になると叱りつけた」

それはまだいい、と新九郎は言った。

「叱るだけでなく、泣かんばかりの顔をして、俺を拝みやがった」

——頼む、ここは堪えてくれ。お役人様のおっしゃることを信じるしかない。もう、みんな死んでしまった。おまえまで命を無駄にするな。

「手を合わせて、頭まで下げてさ」

——後生だから、恭順しくしてくれ。儂らの家を巻き込まんでくれ。

ずっと仰向けのまま語っているので、新九郎は少し息が切れてきた。多紀が水飲みを差し出そうとすると、

「それより、起こしてくれ。その方が楽にしゃべれそうだ」

半十郎が手を貸して、彼を床の上に座らせた。多紀はその背中に綿入れを着せかけ

た。

ありがとう、と新九郎は言った。

「今思い出しても、あのときのことは辛い」

多紀は黙ってうなずいた。

「御用馬を扱うくらいだから、庄屋はただの田舎の年寄りではなかった。件の家人がそんな大それた悪事をしでかすような人物ではないことも、よく知っていた。出土村で本当は何が起こったのか、察することも思うことも山ほどあったはずだ」

だからこそ、怯えて縮み上がっていたのだ。新九郎の言う「大嘘の作り話」を鵜呑(うの)みに、口を閉じることを選んだのだ。

「そのころの俺は、今よりもずっと軟弱だったからな。厩に繋がれっぱなしで水しか与えてもらえず、七日を数えたところでとうとう音を上げてしまった」

腹ぺこで凍え、泣きながら、

「わかった、わかった、もう家のことも村のことも忘れる、みんな火事で死んだんだ、俺は諦(あきら)める。そう叫んだよ。俺が泣くと、そばに繋がれていた馬が首を下げ、鼻面(はなづら)をこすりつけて、俺の涙を舐(な)めてくれた」

半十郎が言った。「七日も頑張れば充分だ。あんたは根っから丈夫な頑固者だな。

どうりで、あの岩牢でも死なずに済んだわけだ」

「妙な感心をするな」

新九郎は軽く笑い、半十郎も照れたように自分の鼻筋を掻いている。

多紀は、新九郎に着せかけた綿入れの袖に、軽く手を置いた。そして小さく言った。

「――でも、貴方はまったく諦めてしまったわけではなかった」

「ああ、そうだ」と、新九郎は認めた。「俺は腹の底で決心していた。いつか必ず俺の手で謎を解きほぐし、覆い隠されている真実を露わにしてやろうと」

繰屋の人びとは、なぜ根切りにされたのか。

「繰屋と御霊繰の技は、切っても切り離すことができない。だからこの惨事には必ず御霊繰が絡んでいるはずだと、俺は思った」

確かに、ほかの理由は考えにくいと、多紀も思う。

「だが、あのころ、御霊繰そのものは秘事ではなくなっていた。さっき話したように、郡代の管轄下に置かれ、帳面をつけて記録を残すことを義務づけられて、むしろ公認された形になっていたのだから」

語り続ける新九郎の目の底に、熾火のような光が浮かび上がってきた。

「だから、御霊繰がいけなかったのではない。それなら、御霊繰のような怪しい技を使い、それを代々伝えている繰屋そのものがいけなかったのか？」

問うておいて、新九郎は自らかぶりを振る。

「いや、それも違う。繰屋がけしからんから成敗するということであったならば、当時出土村にいた繰屋の者たちだけでなく、村から外へ出ていた親族の者たちにまで、何らかの形で追及の手が及んできたはずなのに」

そんな事実はなかったのだから。

「あの当時、すぐ音信がついた限りでは、領内にいる繰屋の血筋の者たちの誰の身にも変わりはなかった。俺とは違い、片野庄の庄屋の家人の仕業で本家が滅んでしまった、などという与太話を信じ込んではいたけれど、誰も役人に引っ立てられたりしてはいなかったし、命も無事だった」

「貴方自身も」と、多紀は言った。

「そう、俺も無事だった。騒ぎ立てるのをやめて、しおらしくしていたからな」

「わたしの母も無事でした。それ以前に、故郷でそんな惨事があったことさえ知らされてはいなかったと思います」

十六年前なら総一郎は十歳、多紀は六歳。物心はついていた。当時、懐かしい故郷の村に起きた悲劇に、母が泣いたり取り乱したりしていたなら、必ず記憶に残っている。

「――田島の家にも何もなかったし、何も知らされなかった。私はまだ三歳だったが、そんなことがあったなら、両親と兄が覚えていないわけがない」

確かめるように半十郎が呟き、はっと目をしばたたいた。

「南部の馬喰頭の家に嫁いだという、繰屋の婆様の妹は？　御霊繰の優れた繰り人だったのだろう。無事だったのか」

「惨事が起こる何年も前に亡くなっていたよ。俺がまだ出土村にいたころに報せがあって、婆様は悲しんでいた」

「じゃあ、そっちは最初から勘定外でいいわけか。しかし、それにしても」

半十郎は腕組みをして考え込む。

「となると、かえって解せんぞ」

御霊繰がいけないのではない。繰屋の一族がいけないのでもない。ならば、何がいけなかったのか。

新九郎は言った。「どんな事情があり得るか、俺も必死に考えた。時だけはたっぷりあったからな。寝ても覚めてもそのことばかりを考えて、たどりついた推論はただ一つだ」

新九郎の祖母か母親——繰屋の刀自様かその娘の八重が、強い御霊繰の技を用いて、家中の何者かにとって都合が悪い〈何か〉を知ってしまったのではないか。

「それ故に、口封じのために根切りにされたのさ。繰屋に火をかけられ、帳面もすべて焼かれた。それが大火となって出土村ぜんたいを焼亡させた。不運な家人が下手人に仕立て上げられ、盗みと付け火の作り話の咎を背負わされる羽目になった」

すべて、〈何か〉を知られた〈何者か〉による画策だ——と、新九郎は断言する。

口封じ。一生のあいだに、そんな言葉を身に引き付けて思案するときがあるとは、多紀は夢にも思っていなかった。

「その〈何者か〉とは」

苦笑さえせず、怖いような真顔で半十郎が問う。新九郎はきっと彼を睨んだ。

「見当がつかないとでも言うのか。秋月館の麒麟児は、槍術には長けていても、頭のなかは空なのか」

決まっているじゃないかと、声を高める。

「命令を下すだけで、領内の一村を地上から消し去り、さらに、その事実をもみ消してしまうことができるほどの権力者さ」

「そんな、まさか」

「何がまさかだ、おめでたい奴め」

まともに面罵されても、半十郎は先ほどまでのようにいきり立って抗弁しない。新九郎の言うことが信じ難くはあるが、推論としては筋が通っていると認めざるを得ないからだろう。

「そんな権力者は、北見藩家中にはほんの一握りしかいないはずです」

多紀の言葉に、新九郎はやっと眼差しを和らげて、うなずいた。

「そうだ。藩主と家老衆だよ」

五代藩主・北見成興と、五人の家老たち。

「しかし、十六年前のあの当時は、お茶子家老の兼平一郎兵衛は、勘定方から平家老に出世したばかりだった。出土村まで出張って行き、根切りを行ったのが馬廻役であれ検見役であれ郡代の手下であれ、お茶子家老の命令一声で動かせたとは思えない。だから兼平は外していい」

「それ、そこだ」と、半十郎が声を上げる。「出土村を襲った者たちは、どれぐらいの人数で、どんな風体だったのかわからないのか。逃げ帰ってきた家人は何か話していなかったのか？」

新九郎は悔しさもあらわに顔を歪めた。

「惨劇が起きたのは真夜中で、皆が寝静まっているとき、出し抜けだったのだそうだ。件の家人は繰屋の離れに泊まっていたので、悲鳴を聞き火の手を見てすぐさま森へ逃げ、夜明けまで隠れていたと話していた。だから、ほとんど何も見ていない。怒号が飛び交い、馬の足音も入り乱れていたので、一人や二人の仕業ではないということしかわからない」

「人の顔も馬印も、何も見分けられなかったと？」

「そうだ。だが、そもそもそのような夜討ちに、顔を隠さず、馬印をつけて出かける莫迦がどこにいる？　敢えて何らかの印を帯びてゆくのなら、それはむしろ擬装だろう」

もっともな推論である。襲撃者がどのような集団であったかを拠り所に、襲撃を命じた権力者を特定することは難しい。

「それに、首謀者が数人結託しているという場合もあり得る。極端な話、成興に加えて残りの家老衆四人が皆で共謀していることもあり得ると、俺は思った」

いきなり半十郎が怒った。「おぬし、今望侯を呼び捨てにするとは何事だ！」

「ふん、つまらぬことにいちいち引っかかる、安い侍だな、おまえは」

またぞろ言い合いになりそうな二人のあいだに入り、新九郎の肩口に掌をあてて、多紀は諫めた。「おやめなさい」

「俺は、こいつのような考え無しの忠義者が、この世でいちばん虫が好かん！」

「怒ると傷に障ります」

「ふん、俺とてあんたのような男に好かれたくもない」

半十郎は言って、深々とひとつ息を吐いた。

「ただ……多紀殿、悔しいですが、こやつの言うことにはある程度の理があります。現に我々は、こんな惨事について、今まで何も知りませんでした」

繰屋の焼亡と出土村の廃村は、出来事そのものがひっそりと埋められてしまった。表向きの、不届きな家人が付け火して云々の作り話の方でさえも、広く知らしめられることはなかった。それを知り得る、あるいは事後に知らされる立場にあったのは、当時の出土村と、現に繋がりがあった人びとだけだった。近くの村落の者たち、麻の仲買人や、村に立ち寄る商人たち。彼らを納得させるには、作り話だけで充分だったはずだ。

役人たちも同様である。村落を巡視する役目を負う検見役や郡代やその下役たちも、襲撃の当事者ではなかったら、作り話の方しか知らされず、それを鵜呑みにしてしまっても不思議はない。

十六年間の嘘と沈黙。

いや、これが一人の家人の仕業であるという話の方は、それが真実なのか大嘘の作り話なのか、まだ判断を下せない。拠り所は新九郎の話しかないのだから。だが、沈黙の方は別である。

「この惨事が城下では噂にさえならなかった。そのまま封印されてきたということに、私はなにがしかの意図を感じます」

これほどの出来事が、永く沈黙のなかに氷漬けにされてきた。知っている人びとも口をつぐんできた。そこには何か——はっきりした形はなくとも、どこか威圧的な、恐ろしい、冷ややかな力が働いていたのではないか。

「この莫迦も、たまにはいいことを言う」

そうさ、力だ——と、新九郎は言った。

「北見藩の中枢（ちゅうすう）にある権力だよ」

そして目を上げ、多紀の顔を見た。

「そんなものと身一つで対峙（たいじ）して、いったいどうしたら真実を探り出し、明らかにすることができるのか。俺は正直、途方に暮れた」

「片野庄での貴方の暮らしには、変わりがなかったのですか」

「いいことを訊いてくれるな。もちろん、大いに変わりがあったさ。まず、俺の婿入り話は失くなった」

「ただの奉公人に格下げか」

「いいや、考えようによっちゃそれより悪い。奉公人なら、藪入りがあるからな」

出土村の惨事の後、新九郎はほとんど囚人のように、庄屋の屋敷を離れることができなくなったのだという。

「庄屋は、俺のしおらしい顔つきを、ちっとも信用していなかったんだろう。解き放ったら何を始めるかわからないと疑ってもいたんだろう」

日々、馬の世話に追われ、馬たちと寝起きし、馬たちと同じように繋がれていた。

新九郎はそう言った。飼い殺しだ、と。

「あれで庄屋がもう少し果断で腹黒い人物だったなら、さっさと俺を殺していたろうな。難しいことじゃない。ねずみ取りでも飯に雑ぜて食わせれば、ころりと死ぬ」

人の命など安い、と笑う。

「庄屋は、そうやって手元に繋いでおけば、いつかは俺が諦めると恃んでいたのかもしれない。怒りを捨て、悲しみを封じ込め、真実を知りたいという執着を手放し、そのかわりに妻を迎え子を儲け、一介の郷士として穏やかに暮らすつもりになるのではないか、と」

「それが庄屋様の温情だとは思いませんか。貴方を哀れんで――」

「俺は哀れみなど欲したことはない。欲しいのは謎の答え、真実だけだった」

新九郎の目の底の熾火が燃える。

「だから俺は、馬と並んで諾々と繋がれたまま、時節を待つことにした。実際、それよりほかに手がなかったからな」

新九郎の求める真実は、北見藩の懐深くに隠されている――少なくとも彼にはその確信がある。だが、郷士の若者がそこに至る道は余りに遠い。

「仮に庄屋がそれを許してくれたとしても、北見では馬よりも身分の低い中間や足軽になるのでは、最初から埒外だ。もう少しましな仕官の道を得たとしても、藩の中枢に昇り詰めるまでに寿命が尽きてしまう」

どんな形であれ、まっしぐらに藩の懐に入り得る手段をとらない限り、勝機はない。

「それには、やたらと外でうろつくよりは、片野庄に留まっている方がまだ目があった」

「確かに」

ひたと新九郎を見据えて、半十郎がうなずいた。

「片野庄のあたりでは、歴代の藩主がしばしば野駆けをされているからな」

新九郎はにやりと笑う。「そうだ。広い牧（まき）があり、いい馬がいる」

しかし、ひたすら時節を待つ新九郎の上を、年月は無情に通り過ぎてゆくだけだった。

「一向に好機に恵まれないまま、成興が卒中でころりと死んでしまったときには、俺もさすがに気がくじけたよ。もっとも疑わしい、もっとも権力を持つ者が、するりとあの世に逃げてしまったんだから」

空（むな）しく待ち続けただけで、何も得られないのではないかと絶望しかけた。

「だが、天は俺を見捨てなかった――」

新藩主として国入りした重興が、巡視を兼ねた野駆けで、片野庄を訪れたのだから。

事の経緯がするりと腑（ふ）に落ちて、多紀は目を瞠（みは）った。

「では、その野駆けで六代様の馬が暴走したのは、貴方の仕業だったんですね」

危急に陥った新藩主を鮮やかに救い、取り立てられる機会を得るために、新九郎が仕組んだことだったのか。

にやにやしながらも、彼は嘯（うそぶ）いた。

「おいおい、人聞きの悪いことを言うな。あれは偶々（たまたま）だ」

「そんな偶々があるものか」

半十郎も吐き捨てた。が、その口ぶりとは裏腹に、彼の目には好奇の色がある。少しばかり感嘆しているようにも見える。きっと自分も同じだろうと、多紀は思った。

「そうして貴方は六代様のおそばに仕え、目覚ましく出世して御用人頭にまでなった。他の誰よりも六代様に親しく、名代を務めるほどの信頼を勝ち得た」

藩の懐深くに入り込んだのだ。

「それで、求めている真実は見つかりましたか。謎の答えを得ることはできたのですか」

問いかけに、今度は新九郎の方が目を見開き、多紀の瞳を覗き込んできた。

「ああ、見つけた」

見つけたとも。

「それが亡霊だ。あの亡霊どもなのさ」

死霊どもが、北見重興に取り憑いている。

「多紀、さっき聞こえてきた子供の声がそうだ。あれは、十六年前に無惨に殺された繰屋の者の一人なんだよ」

あの子だけではない、と言う。

「他にもあと二人いるぞ。優しげな年増女と、おそろしく粗暴な男だ。多紀が漏れ聞いた泣き声は、その女の声さ」

多紀は唖然とした。半十郎も息を呑んで固まっている。

「その三人が重興のなかにいて、折節、表に現れてくる。そして泣いたり笑ったりしゃべったりするから、傍目には、重興が乱心しているように見えるのだ」

とうとう、重興も呼び捨てになった。

「あれこそが、隠しようのない罪の証だ」

「罪の証？」

「そうさ。多紀、しっかりしてくれ。わかるだろう？」

新九郎の目は底光りを放ち、頰に血の気が戻ってきた。

「俺はすぐにも得心がいったぞ。繰屋の者たちを根切りにしたのは、やはり北見成興だったのだ。山里の村長の一家をひねり潰すことなど、藩主にしてみれば、蚊を叩くぐらいの容易いことだったろう」

だが、殺した相手が悪かった——と、嘲るように短く笑う。

「繰屋は、死者の魂を自在に扱う御霊繰の技を持つ一家だ。非道に命を絶たれ、おとなしく死んでなどいるものか。今度は自らが死霊となり、北見家の大事な跡取りに取り憑いたのだ」

繰屋の、北見成興への報復だ。

「重興は乱心などしていない。ただ、恨みを呑んだ死霊に憑かれているだけなのさ」

むせるように息を乱し、新九郎は本格的に笑い始めた。やせ衰えた身体を揺さぶり、薄べったい腹を抱えて笑う、笑う、笑う。

その笑いが唐突に絶えた。多紀も半十郎もまったく笑わず、彼を凝視していることに気がついたのである。

「何故そんな顔で俺を見る？」

新九郎を見つめたまま、多紀は答えた。

「貴方の方こそ正気を失っているのではないかと思うからです」

「莫迦な！　俺はとことん正気だ」

「その三人――それが本当に死霊で、重興様に憑いているのだとしても、それが貴方のよく知る繰屋の人びとだと、どうしてわかるのですか」

「この五年、彼らと親しく話をしてきたからだ。俺はまさに――彼らと顔を付き合わせてきた」

何が可笑しいのか、あるいは楽しいことでも思い出したのか、新九郎は笑みを浮かべる。

「やめろ」と、半十郎が鋭く制した。「こんなことを語りながら、よく笑えるものだ」

「ほう、不謹慎だとでも言いたいのか」

悪意を露わに、新九郎は半十郎を嘲る。

「部屋住の米食い虫が、他人に意見するときだけは一人前だな。おまえなどに用は――」

「新九郎さん」

多紀は初めて、彼の名を呼んで遮った。

「貴方が真にわたくしの従兄であるのなら、わたくしが幼いころから親しんできた田島半十郎を、そのように侮るのは控えていただかなくてはいけません」

「嫌だと言ったら？」

「わたくしはここを去ります」

新九郎は、滑稽なほどぺしゃりと萎れてしまった。

「――わかった。俺が悪かったよ」

多紀が差し出した湯飲みの白湯でいったん喉を湿し、ゆっくりと話の続きを始めた。

「俺が召し抱えられた当時、家老衆など側近の連中も、折々に重興の様子がおかしくなることに気がついており、かなり困惑していたのだ」

にわかに女や子供のような態度をとったりする。しばらくすれば元に戻ることが多いが、ひどいときには二日も三日も、そのおかしな様子が続く。

「連中はそれを、殿の錯乱と呼んでいた」

錯乱が収まると、重興はそうなっていたときのことを忘れている。本人にとっては、錯乱のあいだの時が飛んでいる。自分の言動をまったく覚えていない。

多紀は思い出した。そういえば、奥祐筆(おくゆうひつ)の小野庄三郎(おのしょうざぶろう)も言っていたではないか。

――殿はよく物忘れをなさった。

――ご気分にむらがおありだった。

「側近たちにとっては、ただただ面妖(めんよう)で難儀な事態だったろう。だが俺は、重興の身に何が起こっているのか、すぐ見当がついた。だから重興が錯乱し、別人のようにふるまっているとき、どう扱えばいいのかもわかった」

ちょっと肩をすくめて、

「御霊繰の繰り人ではなくても、俺も繰屋の血族だ。幼いころから婆様や母の技を見てきたし、死霊は身近なものだった。やみくもに恐れることなどない。付き合い方なら知っていた」

これを聞いて、半十郎が低く呻った。

「もしや、あんたの目覚ましい出世も、そこにかかっていたのではなかろうな」

新九郎は強くうなずいた。「もちろんさ。当たり前じゃないか」

返事を聞いて、半十郎はさらに唸り、頭を抱えてしまった。その様を小気味よさそうに横目で眺め、新九郎は多紀に言う。

「俺は、重興が錯乱しても、慌てたことなど一度もないし、錯乱から醒めた彼の不安を宥めることにも長けていた。すべて、事情がわかっていたからだ」

この錯乱は、取り憑いている死霊のせいだ、と。

「重興――いや、重興様だな」

口元を歪めて、言い直した。

「重興様ご自身も、けっして莫迦ではない。ときおり自分が度を失い、側近たちから怪訝な目で見られていることを自覚しておられた。そこが、普通の乱心者とはまったく異なる点でもある」

だからこそ心許なかったから、

「重興様は俺を重用され、俺はその重用に導かれて異例の栄達をとげた。お互い、持ちつ持たれつだったのさ」

御用人頭・伊東成孝の権勢の底には、そんな秘密が隠されていたのである。

「それに、言っておくがな」

新九郎は、痛そうに顔をしかめながらも床の上で座り直し、真っ直ぐに多紀と向き合って、言った。

「俺は、錯乱を起こす重興様を、他の側近たちのように、厭うたり気味悪がったりしたことは一度もない。いい様だと、鼻で嗤ったこともない。俺は俺なりに、気の毒に思ってきた」

重興には罪などないのだから。

「御用人頭として精勤してきたつもりだ。五代藩主・北見成興の悪事の犠牲になったという意味では、重興様も俺たち繰屋の一家もひとつだ。俺はあの方に、兄弟のような親しみを覚えることさえあった」

多紀は混乱し、考えがまとまらない。寒気を覚えて着物の襟元に手をあてると、指が震えていることに気がついた。

「──誰なんだ」と、半十郎が問うた。

「うむ？」

「その三人の死霊は、繰屋の誰なのだ。あんたにはわかるんだろう？　もう重興様を苦しめるのをやめ、素直に成仏（じょうぶつ）しろと説きつけることだってできるんじゃないのか」

意外にも、新九郎は口の端を曲げ、少し言いにくそうな顔をした。

「多紀も半十郎も、そもそも死霊というものに出会ったことがあるまい」

「ええ、はい」

「だからあっさりそんなことを言うのだろうが、死霊は生者とは違う。生きていたころのことを忘れてしまっている場合も多い。言葉を交わし、意思を通じ合わせ、ましてや説得するなど、容易いことではないのだ」

だからこそ、御霊繰の技は有用だった。だが新九郎は御霊繰使いではない。

「ただ、五年のあいだ彼らとやりとりを重ねて、俺にもだいたいの見当はついてきた」

子供は、当時繰屋に住んでいた三吉（さんきち）という七歳の男の子。

「婆様（ばばさま）のすぐ上の兄の孫でな。疫病（はやりやまい）で両親を亡くして、繰屋に引き取られていた」

女は、新九郎の母・八重の従妹（いとこ）で、

「俺が片野庄へ出るのと入れ違いに、夫を亡くして繰屋に出戻ってきた人だろうと思う。だから俺はよく知らないのだが、名は美津（みつ）という。歳（とし）は三十半ばだったはずだ」

三人目の粗暴な男については、さらにあやふやだという。

「おそらくは叔父たちや、兄や従兄弟たちの誰かなのだろう。横死によって怒れる死霊と化してしまい、生きていた当時の分別を失ってしまったらしい。五年かかっても、名前さえ聞き出すことができなかった。あと少し時があれば何とかなったのだが……」

いくらか、言い訳じみている。半十郎も同じように感じたのか、

「憑いている死霊が、あんたの婆様や母親ではないのが残念だな」

冷やかすような口調で言った。

「それなら話が早かったのに」

新九郎も負けてはいない。

「おまえは死霊というものを知らんから、そんなふざけたことを口にできるのだ」

腕白坊主の喧嘩のような口のきき方をやめることができない二人だ。が、そのおかげで、多紀は少し落ち着きを取り戻してきた。

「この秘密は、貴方一人の胸のなかに？」

「無論だ」

「重興様ご本人にも、打ち明けて差し上げなかったのですか」

「話してどうなる？　俺は死霊を宥めることはできても、操る技は持っていない。錯

乱が起きても、藩主としての重興様の行いに大きな誤りがないように守り立て、時には場を繕うだけで精一杯だった」

半十郎の顔に怒気が浮く。「貴様は、重興様をお救いするつもりなどなかったのだ」

「おまえに何がわかる！　それに、重興様を押込にしたのは俺ではないぞ。家老どもだ。おかげで俺の栄達も泡と消えてしまったわ」

真実、新九郎は悔しがっていた。

「脇坂の古狸など、切腹でさえ俺には勿体ないとほざいていた。北見藩の転覆を計った謀反人として斬罪に処すべし、とな。そうは問屋がおろすか。俺を殺したら、未来永劫、重興様を死霊から解放することはできなくなると言ってやったら――」

ぎりぎりで命は繋がったが、唐丸駕籠に押し込められ、ここ五香苑に連れてこられて、

「日々酷く責め立てられ、さすがの俺も秘密を守りきれなかった。すっかり白状してしまえば、今度こそ殺される。ならばいっそ俺も死霊になってやろうと思い決めていたのだが、石野織部が温情をかけてくれてな」

――ひとまず、この老体に事を預けていただきたい。

「脇坂の古狸めに一途に請うて、あの岩牢に閉じ込めておくことを条件に、何とか俺

を生き延びさせてくれたのだ」

だから彼はここにおり、多紀もここにいる。

しばらくぶりに、寝間のなかに沈黙が落ちた。新九郎の呼吸が速い。疲れているのだろう。思わぬ長話になった。彼はまだ怪我人だ。休ませねばならない。

「ひととおりのお話はわかりました。ここまでにしましょう」

横にならせようとすると、新九郎はつとその手をつかんで、言った。

「あと少しだけ聞いてくれ。多紀、こんな羽目になって口惜しいが、おかげで、明らかになったこともあるのだ」

「何だ？」と、半十郎が身を乗り出した。

「繰屋を根切りにした首謀者は、北見成興で間違いがない。筆頭家老の脇坂も関与している。実際に采配したのは脇坂なのだろう」

だが、残り三人の家老たち、城代家老の野崎、奥家老の武藤、元江戸家老の石野は、十六年前にそんな惨事が起きていたこと自体、まったく知らなかったようだ、と言う。

「三人とも、事情を聞いたときの驚きようが尋常ではなかったからな。だが脇坂の怒りは凄まじかった」

「何もおっしゃらなかったのか」

「あの古狸が吐くわけがない」

「重興様は？」と、多紀は問うた。「貴方なら、このことを重興様と直に話し合う機会もあったのではありませんか」

「どう尋ねるのだ。殿のお父上が一村を焼き滅ぼしたことがござるが、その理由をお聞き置きですか、とでも？」

確かにそうだ。

「だいいち、十六年前は、重興様はたった十歳だ。江戸藩邸から出たことさえなかったろう。国許の出来事など知る由もない」

「じゃあ、なぜ繰屋の人びとが殺されたのか、その理由は——」

「わからんままだ」

奥歯を噛みしめるようにして言い、新九郎はいっそう強く、多紀を引き寄せようとした。

「しかし、俺は希みを捨ててはいない。多紀、まだ先がある。これからがある」

多紀には、応じる言葉が見つからなかった。

空を塞ぐ湿った雲を映して灰色に凪いだ水面を前に、多紀は神鏡湖の畔に佇んでいた。半十郎はすぐ背後に寄り添っている。二人で、半ば逃げ出すように館（やかた）を出てきた。

「少し歩きましょう」

湖畔に降りる小道へ、半十郎が手をとって案内してくれたのだった。

こうして眺めると、本当に手鏡のように円い湖である。四季折々に、桜や新緑、紅葉や冬枯れの森の色を映して、五香苑に滞在する人びとの目を楽しませ、心に安らぎを与えてくれるのだろう。

だが、今の多紀が覚えるのは、じっとりと身に染（し）みこんでくる寒気ばかりだ。耳の底には、まだ新九郎の声の残響がある。

あんな話を信じていいものなのか。多紀の心の半面は強く疑う。もう半面は、館で聞いた女の泣き声と、子供の声を覚えている。

「多紀殿もおっしゃったとおり、あの男の方こそ正気を失っているのですよ」

腹立たしげに半十郎が言い捨てたとき、二人の背後で、小道を踏みしめる足音がした。石野織部がこちらへ近づいてくる。通りがかりに、その小柄な身体が灌木（かんぼく）の枝に触れ、水滴が肩衣（かたぎぬ）にきらきらと散った。

「新九郎と話をしたか」

館守（やかたもり）は全（すべ）てお見通しのようである。

「多紀、顔が青いぞ」

多紀は頭を下げた。「ご無礼をいたします。少し、驚かされてしまいました」

「気丈じゃな。儂など、初めてお館様に憑いているという女の声を聞いた折には、腰を抜かしたものだ」

一片の躊躇もなく、話の核心に踏み込む言である。これには、何とか平静さを保っていた半十郎もついに狼狽した。

「石野様は、あの男のほら話に信を置かれるのですか」

「儂はただ、目の前の出来事から目をそらすわけにはいかぬと思うばかりじゃ」

その声音には、隠しようのない悲嘆と苦渋が交じっていた。その響きが、怖じけていた多紀の心を奮い立たせた。

「石野様、お願いがございます」

自分でも驚くほど、きりりとなった。

「わたくしに、お館様へのお目通りをお許しくださいませ」

四

「この館へお移りになって以来、お館様のお側からは、女人を遠ざけておる」

五香苑の奥に入る女人は、多紀が初めてなのである。

「それにはいくつか理由があるが、詳しい話は後ほどにしよう。ともあれ、今朝お目覚めになってから今までのところは、お館様は子供になっておられる」

石野織部は淡々として、真剣だ。

「新九郎の説に則るのならば、〈子供の死霊が表に現れている〉ということになるな。十にもならぬ、七つか八つばかりの男子じゃ」

「その子のことは、〈三吉〉という繰屋の子供だと聞きましたが」

「うむ……」

うなずいて、織部はちょっと眉を寄せた。

「儂も白田先生も、折々にその名で呼んではいるが」

慎重な口ぶりになった。

「ただ、本当にそれで正しいのか、実は疑念を抱いておる。あの子が現れているとき、進んで〈自分の名は三吉だ〉と名乗ったことはないのでな」

そうなのか。新九郎は迷う様子もなく断言していたが、実はあやふやなのだ。

「ただ、〈自分は三吉という子供ではない〉と、はっきり否定することもない。これは儂の印象に過ぎぬが、あの男子は、まわりの大人どもの言動をよく観察しておって、その場その場をうまくしのげるよう、調子を合わせているような様子があっての。まあ、儂の考え過ぎかもしれんが」

織部は歯がゆそうだが、多紀はむしろ、ほっとした。織部も白田医師も冷静な人物でよかった。新九郎の強い思い込みに、皆で同調してしまうのはよろしくない。

――わたしも、できるだけ心を白紙にしておこう。

「石野様は、いつごろからその子をご存じなのですか」

「江戸藩邸にいたころには、会(お)うたことはない。ただ当時より放心される癖はあった――」

「それは、お館様が若様のころということでございますか」

重興が新藩主の座に就くと、石野織部は江戸家老を辞している。ならば重興の錯乱は、もっと以前から始まっていたのか。

織部はやや返答に迷って、困ったような顔をした。

「それを語ると、またややこしくなるから後回しじゃ。ともかく、ここへ移られてからは、その子供がいちばん頻繁に現れている」

織部だけでも、指を折って数えきれぬほど何度も会っているという。

「新九郎の言う野卑な男には、儂は一度も対峙したことがない。新九郎が〈美津〉と呼ぶ女には、こちらに来てから何度か会うた。会話もしたが、どれも実のある話ではない。この女も用心深いというか、少なくともこれまで儂が見聞きした限りでは、口数が少ないようじゃ」

今この場では、注意しなくてはならないことは一つだけだと、織部は言う。

「お館様の、この――錯乱というほかないが、このことは、未だ我らには計り知れぬきっかけで出し抜けに始まり、唐突に変わり、気まぐれに止む。その境目を、儂も白田先生もまだ見極めることができずにおる。それ故に、多紀がこれからお目通りを賜るのは、子供になったままのお館様かもしれず、本来のお館様に戻っておられるかもしれず、件の女であるかもしれぬ」

だから、何があっても驚いたり慌てたりしてはいけない。

「たとえ、多紀がご挨拶を申し上げているうちにお館様のご様子が変わられても、狼狽えるなよ」

「はい、心得ました」

そして多紀は手早く身支度を調えた。おごうの着物を借り、髷も島田からばい髷に変えて、手絡には手ぬぐいを裂いたものを使う。

「問われたら、長尾村から参りましたとだけお答えしなさい。当面は、おまえが家中の娘だということは伏せておく」

　その方が、お館様のなかの男子が安心するのだという。

「あの子は、武士や武家の女を嫌う。儂が継裃でおるのも、本裃を着けると、あの子が怖がるからなのじゃ」

　もちろん、両刀を見せて威圧したり、声を荒らげたりするのはもってのほかだ。そんなことをすると、お館様のなかの男子は口をつぐみ、石のようになってしまうという。それはつまり、北見重興がそうなってしまうということであり、

「二日も三日も、そのまま食事も水もとらずに、同じ姿勢で固まっておられたことがある。あれではお身体に障る上に、そうなっているのが本来のお館様なのか、あの男子のままなのかという見極めもつかなくなる」

　もっとも望ましくない事態だ。

「お武家様だけでなく、お女中でもいけないのですね」

「うむ。北見城の奥でも御殿女中に近づかれることを嫌がり、隠れてしまったことがあると、新九郎が話していた」

　長い廊下を、織部が先に立ち、多紀はついて行く。どうしても同席すると言ってき

かない半十郎は、

「控えておれ。むやみに騒ぐなよ。そなたの助けが要るようならば、儂が呼ぶ」

織部が足を止めた廊下の先には、頑丈な格子（こうし）が、拳（こぶし）の入る隙間（すきま）のないほど細かく立てられており、潜（くぐ）り戸がひとつ設けられていた。

多紀は、瞬時に喉（のど）が干上がるのを覚えた。

これは座敷牢だ。

「お館様の御身をお守りするため、このような処置をほどこしてある」

織部がわざわざそう説明を足したのは、多紀の腰が引けたのを見たからだろう。

「この内側こそが今はお館様のお住まいなのだから、なかは広い。部屋数も多い。調度も揃（そろ）っておる」

ここは本当の牢とは違う。そう言いたいのだろう。だが、厳然としたその造りの前に、多紀の膝（ひざ）はやはり震えた。

その潜り戸の前には、今日も作務衣（さむえ）を着た白田医師が座して待ち受けていた。

「寒吉から、石野様がお入りになると聞きました」

そして、医師は多紀を見上げた。

「多紀殿もご一緒なのですね」

「はい」

「新九郎の話を聞いたそうじゃ」

なるほどと、医師は穏やかな表情でうなずく。

「ならば、そう驚かれることもなくて済むでしょう。お館様が今は子供にな、な、なられてい、る、ことも、かえって幸いかもしれない」

言って、医師は微笑んだ。

「利発で可愛い男子ですから」

「――そう、なのですか」

まるで、そこらを走り回っている普通の子供を評するような言い方である。表情も明るい。その口調と顔つきのまま、半十郎に呼びかけた。

「田島さん、そんなに口を開けっ放しにしていると、鳥が巣をかけますよ」

見れば、半十郎は呆然と立ちすくんでいるのだった。声をかけられ、瞬きして我に返ったが、今度はその顔がくしゃくしゃに歪んでゆく。

「お、お、お労しい」

みるみるうちに、目に涙が溢れる。

「お館様は、こんなところに、閉じ込められて、おられるのか!」

男泣きして、袖(そで)でごしごしと顔を拭(ぬぐ)い、誰に何を言われるよりも先に謝った。

「ご、ご無礼をつかまつった！」

「まったく喧(やかま)しい男じゃ」

織部も白田医師も温和に笑う。多紀も、胸の底で半十郎に感謝した。彼が取り乱してくれたことで、こちらは力が抜けた。

「田島、これを」

織部は両刀を外すと、半十郎に預けた。半十郎は慌てて洟(はな)を拭(ふ)き、押し頂いて受け取る。

「では、どうぞお入りください」

医師が潜り戸を引くと、ごろごろと重々しい音がたった。先ほどお鈴と話しているとき、多紀が耳にしたのはこの音だ。

「半刻(はんとき)ほど前でしょうか、子供の楽しそうな笑い声がして、そのすぐ後に、この潜り戸が動く音を聞きました」

「ああ、それは私です」

白田医師は、潜り戸の奥の方へ目を遣(や)った。

「私も、あの笑い声を耳にしたので、様子を見に入ったのですよ」

「そのとき、お館様は」

「このごろ、ときどき窓辺で鳥が囀っているのです。餌付けをすると馴れるかもしれないから、米粒を置いてみたらいいと申し上げましたら、早速、朝餉の後で試してみられたようで」

「それで、鳥が寄って来たのですかな」と、織部が尋ねる。

「はい。あれは尾長でしょう」

あのときは、間近に鳥を見たのが嬉しくて、お館様が——いや、お館様のなかの子供が、喉を鳴らして笑っていたのか。

「お鈴ちゃんが、ここでどんな声がしても、ごろごろという音がすると止むと教えてくれたのですが」

「ほう……お鈴には、そのように思われておったのか。儂も白田先生も、日に幾度もここに出入りしておるのだがな」

そして急に驚いたように両の眉を持ち上げ、多紀を見返った。

「そなた、お鈴に会うたか」

「はい。あの子も利発そうな、可愛らしいおなごですね」

「そうか」

言って、ふと口元を緩めると、ひらりと身を屈めて潜り戸を抜けた。

「うっかりすると頭をぶつけます。お気をつけて」

白田医師が、潜り戸の上を掌で覆ってくれる。多紀は膝を折り、するりと潜り戸の内側に入った。すぐにごろごろと戸が閉まる。

「多紀殿、私はここにおります」

座敷牢の格子の向こうで、半十郎はまた半泣きだ。

「貴方がそんなに泣き虫だとは存じませんでした」

「今だけはご容赦ください。武士の情けでござる」

半十郎の気持ちは、多紀にもよくわかる。息苦しいほどの胸のざわめきを笑ってごまかしているが、わたしだって本当は泣きたいのかもしれない、と思った。

勝手知ったる確かな足取りで、織部は入り組んだ廊下を進んでゆく。

通り過ぎる部屋の唐紙は、淡い浅葱色に北見家の紋所〈麻の葉〉をあしらい、円い引き手には金の縁がついた上品なものだ。夜間、手燭の明かりだけでは足りないときのためか、廊下に沿っていくつも壁燭台が設けてある。

織部が廊下を左に曲がる。右の突き当たりの白壁と小窓の前に、備前焼の壺に小さな赤い実のついた枝を投げ込むように活けてあった。風流な眺めだが、その小窓にもがっちりと格子がはめられている。風は通るが、開け閉てすることはできない窓だ。

通りがかりに、そこからかすかに雨の音がした。いつの間にか降り始めたのだろう。多紀の心の臓は、その雨が滴るのと同じくらいの速さで鳴っている。

「昼間のうちは、お館様は書斎におられる」

前を向いたまま、織部が言った。

「広く漢籍に親しまれ、近ごろでは写経をしておられることも多い」

北見重興が、その本人でいるときは。

「思いがけず急逝された父上の御霊を慰めたいとおっしゃってな」

織部が足を止め、そこで膝を折った。いったん廊下で座し、唐紙を開ける。その向こうは二畳敷きの次の間だ。多紀も続いてそこに通り、二人で居並んだ。

「よいかな」

小声で問われ、多紀はつと顎を引くと、

「はい」と答えた。

ここの唐紙に描かれた〈麻の葉〉は、他の部屋のそれよりもひとまわり大きい。それに面して、織部が声をあげた。

「お館様、石野織部でございます」

返事はない。そのままひと呼吸、ふた呼吸を待ち、織部は引き手に手をかけて音もたてずに唐紙をいっぱいに開け、恭しく一礼した。多紀もそれに倣う。

「白田医師より、本日はご機嫌うるわしいと聞き及びましてな。鳥の餌付けをなさっておられるとか」

面を上げ、にこやかに言上する。

「さて、どんな鳥をご覧になりましたか。この爺にも教えてくだされ」

本当に、子供に話しかけているかのようだ。

そうか、と多紀は思った。こういうやりとりは、織部にとって懐かしく、慣れたことなのだろう。昔、江戸藩邸で、重興が若君であり、織部が壮年の江戸家老であったころには、日々をこのように過ごしていたのだろうから。

まだ返事はない。沈黙。多紀は平伏したままでいる。力を入れていないと、また指先が震え出しそうだ。

ちょっと甲高いが、まぎれもない男子の声が聞こえてきた。

「なんだ、石野か」

その声は、続けてこう問うた。

「それ、だぁれ？」

多紀の心の臓が大きく跳ねた。

織部の声音がいっそう明るくなる。

「おお、失礼をいたしました。このおなごの名は多紀。此度(こたび)、新たにこの館でお仕えすることになり申した婢(はしため)でござる。多紀、お館様にご挨拶を申し上げなさい」

多紀はいったん深く礼をし直し、思い切って顔を上げた。

「初めてお目通りを賜ります。わたくしは多紀と――」

不覚にも、そこで絶句してしまった。

重興の書斎だというこの居室は、八畳の広さである。壁の二面が腰高窓になっており、先ほど見かけたような格子がはめてあるが、ここではそれが剝(む)き出しに見えぬよう、障子が張ってある。

今は雨が降っているが、湖畔で仰いだ空の雲は薄かった。白い障子紙を通して差し込む外の光で、室内は充分に明るい。

腰高窓のひとつに面して、文机(ふづくえ)と書見台が据えてある。文机の上には硯箱(すずりばこ)と、鈍く光っているのは錫(すず)の文鎮だろう。その脇(わき)の棚には書物や巻物が並べてある。巻物のうち数巻は巻きがほどけて棚からはみ出し、垂れ下がって、畳の上まで広がってしまっている。

文机の前に、こちらに頭を向けて腹ばいになり、両の掌で頰を包んで、一人の青年がこちらを見ていた。彼の肘のそばにも、巻物が一巻広げてある。

――寝そべって書物を読むなど、この世でもっともけしからんことだ。

多紀の父、亡き各務数右衛門ならば、即座に叱りつけるところだろう。

青年はすっかり寛いだ様子で、膝を曲げて両足を持ち上げ、白足袋を穿いた足先を宙にぶらぶらさせている。

黒く艶やかな髪は総髪にし、薄緑色の絹縮に縞の単衣袴。両刀こそ身に帯びてはいないが、これは武士の出で立ちである。

秀でた額。美しい線を描く眉と、すっきりと通った鼻筋。その目の涼やかなことよ。切れ長な目尻は笹の若葉のようだ。少し唇は薄いが、口角はきりりと持ち上がり、意思の強さと聡明さを表している。

この方が、北見重興様だ。

その瞳がくりくりと動き、唇が開き、聞き間違いようのない子供の声で、こう言った。

「さっき登先生にもねだったんだ。石野、鳥の絵図がほしい。ここにあるのは、魚の絵図ばっかりだ」

多紀は目眩を覚えた。眼前の光景が、すうっと遠のいてゆく。

――いけない、気絶してしまう。

呼吸をしなくては。ひとつ、ふたつ、みっつ。素早く吸って吐き出す。狭まりそうになっていた視界が、揺れながら元に戻る。

石野織部と多紀の目の前で、北見重興は袴をしゅっと鳴らして起き上がると、あぐらをかいた。そして小首をかしげ、言った。

「そんなに畏まらなくても、今は一松はいないよ」

その瞳は真っ直ぐに多紀を見つめている。わたしが話しかけられているのだ。だが声が出てこない。

一松とは、重興の幼名である。

「お許しくだされ。多紀は、この五香苑を訪れることさえ初めてでございます」

まったく動ずることなく、織部が取りなしに入った。

「某が急に思い立ち、お館様にお目通りを賜ろうと連れて参りました故に、固くなってしまっておるのです」

「だけど、一松はいないんだってば」

北見重興は、美々しい青年の姿で子供のようにふるまい、子供のような口をきく。

「石野はわかりが悪いなあ」

「これは恐縮千万にござる」

織部は丁重に一礼した。

「お館様がご不在であるならば、今そこにおられる貴殿は、三吉殿でござるな」

重興は目をそらし、返事をしない。両手の指をいじりまわしている。何か言いにくいことや言いたくないことがあったり、少し焦れているようなとき、子供はよくこんな仕草をするものだ。

その様子にじっと目を凝らしていて、気がついた。重興の右手の人差し指の横のところが、腫れて赤くなっている。何かで擦ったか、あるいは浅い切り傷でもあるのだろうか。

石野織部が言う。「新参者の多紀もおることでございますし、ちょうどよい。わかりの悪いこの老体に、今一度お聞かせ願えませぬか。三吉殿がここにおられる折には、お館様は何処においでなのでござろう」

重興はうつむいて、指をいじりながらちょっと口を尖らせた。これまた子供らしい。

田島半十郎が幼かったころ、田島家で叱られて各務家に逃げてきて、母の佐恵に何か言い訳をしなければならなかったり、言い分を言いたいのにうまく言えなかったり、ただ拗ねてしまったときなど、決まってこういう顔をした。

――教文館で、また講義の最中に喧嘩をしたそうですね。あなたのお母様が嘆いておいでですよ。

――あなたはいつも、言葉を尽くすより先に手を出してしまうでしょう。短気はいけないと、わかっておいでですか。

――相手の理が通らぬと思っても、すぐ拳骨にものを言わせてはいけません。

懐かしい母の声音を思い出すうちに、多紀の心も落ち着いてきた。信じ難いことだが、今のお館様は子供になっておられるのだ。ならば、子供にするように対すればいい。

「――お指を痛くされたのですか」

多紀が話しかけると、重興は驚いたように目を上げた。石野織部も目を瞠っている。

「不躾にお尋ね申し上げて、失礼をいたします。でも、先ほどから、お指を気にされておいでですので」

重興は手の動きを止めて、自分の指を見おろした。

「右手の人差し指が赤くなっておられますね。ここのところです」

　多紀は自分の指を使って示してみせた。

「うん」と、重興はうなずいた。「さっき、巻物を広げていて、切ってしまった」

「左様でございますか。紙で指を切ると、存外に痛いものなのですよ」

　重興はしげしげと自分の指を検分した。そしてひょいとその手を持ち上げ、多紀の方に突き出してきた。

「見てみて」

　多紀は軽く一礼し、織部の方を返り見た。「石野様、よろしゅうございますか」

　先ほどの半十郎ほどではないが、織部も口を開いている。

「お？　おお」

　重興は笑みを浮かべると、子供の声のまま大人を気取ったように厳めしく言った。

「苦しゅうない。多紀、近う寄れ」

　多紀の背筋に震えが走った。悪寒ではない。喩えようが難しいが、強いて言うなら武者震いに近いものだ。

「はい、それではご無礼をいたします」

　軽く膝立ちになり、そのまま重興の傍らへとにじり寄る。突き出された手を両手でそっと支えて、人差し指を調べた。なるほど、うっすらと赤い線がついている。

「切ったときには、血が出ましたか」

「うん」

「どこかに滴りましたか」

「そんなにたくさんじゃなかった」

「どうなさいました？」

「舐(な)めた」

多紀はにっこりした。「それで良うございました。もう血は止まっておりますし、深い傷ではございませんから」

「ふうん」

重興は手を引っ込めると、自分の胸元でひらひらさせて、ちょっとむくれた。

「でも、ぴりぴり痛いんだ」

「今少しご辛抱なさいませ。お気になさらなければ、すぐ忘れてしまいます」

そして多紀は、傍らに広げてある巻物に目を落とした。

「これが魚の絵図でございますね」

墨絵でいくつかの魚の絵が描かれ、そのそばに文章が添えてある。

「じ、神鏡湖に棲(す)んでいる魚の絵図でござる」

驚きに固まったまま、織部がぎくしゃくと声を出した。

「今望侯は、ここにご滞在になると釣りを楽しまれたそうでな。侯が釣り上げた魚をもとに、城下から呼び寄せた絵師に描かせたものなのじゃ」

「だからつまらないんだ」と、重興は不服そうに口を尖らせた。「同じような魚の絵ばっかりなんだから」

「多紀も拝見してよろしゅうございますか」

「うん。でもつまらないよ」

多紀は両手でそっと巻物を持ち上げた。いったん巻き直してみると、表装に小さな短冊型の題簽が貼ってある。『神鏡湖 釣魚大全』。織部の説明のとおりだ。

あらためて巻物を開いてゆくと、鮒や鯉、鯰の類いの絵ばかりである。確かに華やぎに欠けているし、子供が見て、目に楽しいものではなかろう。

「まあ、泥鰌もいるのですね」

絵師が、小さな泥鰌を一匹だけ描いても様にならぬと思ったのか、四、五匹が重なり合っている絵柄だ。

重興が不機嫌そうに眉をひそめる。

「その絵、嫌いだ」

「泥鰌がお嫌いですか」

「気味が悪い」

「左様でございますねえ」

うなずいて、多紀は巻物をちょっと目の前から遠ざけてみせた。

「泥鰌はこんなふうに、泥のなかでよく群れていることがあるのです。とても上手な絵ですから、今にもぬるぬると動き出しそうでございますね」

「多紀は、泥鰌が泳いでいるのを見たことがあるの」

「はい」

重興はいっそう嫌そうな顔をした。

「触ったことはある？」

「獲ったことはございませんが、泥鰌汁をこしらえたことはございます」

わあ——と声をあげ、重興は舌を出した。「泥鰌汁なら食べたことがある」

多紀はくすくすっと笑った。「そんなお顔をなさるところをみると、お口に合わなかったようでございますね」

「うん。ちっとも好きになれなかった」

石野織部が咳をした。咳払いをしたら、本当に咳き込んでしまったらしい。幸いすぐに止んだが、すると重興がすかさず言った。

「泥鰌鍋は滋養があるんだから、石野が食べればいいんだ」

「これはこれは、この老骨にお気遣いをいただき、痛み入ります」

織部はぎくしゃくと平伏する。まだ驚きが収まらないのだろうが、目元はやわらかく緩んでいる。

「ねえ、多紀」

重興は親しげに、多紀に呼びかけてきた。

「石野のように咳をするのは、病のせいではないの。労咳ではないの」

「と、とんでもない」

織部は慌てて胸元を叩いてみせる。

「石野には、肺腑の病などございませんぞ。ましてや労咳など」

「白田先生に診てもらうといいんだ」

微笑ましくて、多紀は笑みを抑えられない。

「もしも石野様に少しでも病の気があるならば、白田先生が放ってはおかれません。どうぞご安心くださいませ」

「左様でござる。ご案じ召さるな。この爺のように歳をとりますと、咳が出やすくなるというだけでございます」

「本当に、石野は年寄りになった」

重興は言って、ちょっと多紀に顔を寄せ、声をひそめた。

「江戸にいたころは、もっと元気だったんだ。北見は気候が厳しいから、石野の身体によくないのじゃないかなあ」

子供のような口調のままでありながらも、その言葉には、親しい者にかける思いやりが溢れていた。多紀は思わず、間近に迫ったその美々しい顔を見つめてしまった。

そのとき、書斎のどこかで小さな音がした。何か固い物が床に落ちたような音だが、ごく微かだ。何かしら——とは思ったが、すぐ重興が話しかけてきたので、それにまぎれてしまった。

「多紀はどこから来たの」

瞬きをして、多紀は少し身を引き、その場で座り直して姿勢を正した。

「長尾村というところから参りました。ここよりずっと南にある、千川沿いの村でございます」

「じゃあ、泥鰌は千川にいるんだね」

「千川はとても大きな河ですから、泥鰌がいても、獲るのは難しゅうございますね。

村の泥鰌は、田圃や灌漑用水のなかにいるのでございますよ」

ふうん――と言って、重興は遠くを見るような眼差しになる。

「一松と一緒に、北見領内のあちこちに行ったとき、よく大きな河を見たよ。あれが千川なのだよね」
一、松、と、一、緒、に。今ここに現れている子供は、重興を幼名で呼び、幼馴染みのような気安さで語る。
あなたは誰なのか。重興様とはどんな間柄なのか。

問うべきことは山ほどあるが、思い乱れて考えがまとまらない。それほどに、眼前の子供の重興は無垢で可愛らしい。

「――多紀のおりました長尾村は、長閑でよいところでございます」

まず、わたしのことを話そう。今この場でもう少し打ち解けることができれば、もっといろいろ尋ねるのも易しくなるだろう。

「でも昔、千川が暴れ川で、大雨が降る度に気まぐれに氾濫していたころには、村の者は難儀を強いられておりました。せっかく植えた苗を流されたり、刈り入れ前の稲穂が泥水に浸かってしまったり、村人たちの家も、洪水で流されたりしてしまったものですから」

重興は遠い目をしたまま、かくりと小首をかしげた。

「長尾村をその苦難から救おうと、お館様のお父上、先代藩主の成興様が、千川堤の建造をお始めになったのです。そのおかげで、長尾村は今のように、実り豊かで誰もが安堵して暮らせるところになりました」

多紀の気のせいだろうか。「成興様」と言ったところで、重興の目元が軽く引き攣ったように見えた。

「もうすぐ梅雨も明けましょう。夏空が広がれば、稲は日ごとに青々と伸びて参ります。田圃を吹き渡る風は清々しく、その風を受けて案山子も笑うように――」

多紀の背中のすぐ後ろで、また何かが音をたてた。今度のそれはいっそう微かで、ごく小さな何かを打ち鳴らすか、ぶつけ合うような物音だった。

重興が首を起こした。次の瞬間、その両目が、まなじりが張り裂けんばかりに大きく見開かれた。

「わぁぁぁぁあ！」

悲鳴が口から迸る。重興は畳に手をついて跳ね起きると、文机の脇へと飛び下がった。

「嫌だ、それ何？　多紀、それは何？　嫌だ嫌だ、気味が悪い！」

多紀も中腰になり、後ろを振り返った。目に飛び込んできたのは、黒光りする大きな百足（むかで）だ。五、六寸はあるだろう。無数の足を忙しく動かして、多紀の後ろの畳の上を、石野がいる方に向かってしゃかしゃかと急いでゆく。

「まあ、何て大きな百足でしょう！」

「どこから入り込んできたのだ」

織部が素早く立ち上がり、腰に手挟んでいた扇子を抜いた。それで強く叩かれると、百足は反対方向へと逃げてゆく。

「石野、嫌だ嫌だ！　とって、とって！」

重興は叫び続けている。

「逃げちゃうよ。とってとって！」

多紀はまわりを見回し、書斎の隅に重ねてあった円座をつかんだ。それを百足の上に放り投げると、身を返して文机に近づき、錫（すず）の文鎮を手に取る。文鎮は長四角で、つまみのところに鷹（たか）の像をあしらった、どっしりと重いものだ。それを円座の上に振り下ろし、何度も、何度も、何度も叩いた。

「もうよい、多紀。退いておれ」

織部が進み出る。懐刀（ふところがたな）を手にしていた。左手で円座をぱっとめくると、百足はのたくりながら逃げようとする。

石野はそれを追いかけて、懐刀を逆手に持ち替えると、えいとばかりに突き立てた。

多紀の背中に、重興がしがみついてきた。「怖いよ、多紀。あれ、なぁに」

震えながらべそをかいている。多紀はその手に優しく掌を重ねて、宥めた。

「百足という生きものです。もう大丈夫でございますよ。石野様が退治してくださいましたからね」

「でも、まだ動いてる」

頭を畳に突き刺されても、百足の長い身体はまだのたうっている。無数の足が畳を打つ音が耳に忌まわしい。

「こんなところ、嫌いだ！」

悲痛な声でそう吐き出すと、重興は多紀の背中から離れ、くるりと身を返して逃げ出した。書斎を出てゆく。唐紙がぱんと閉じた。

ざわめく胸に、多紀は両手をあてた。石野織部は、しぶとくのたうつ百足を見据えて、険しく顔を歪めている。

「――石野様」

囁くように、多紀は言った。

「あの子は百足を知りませんでした。今まで一度も見たことがないような怖がりようでございました」

あの男子が死霊(しりょう)で、生きているときには出土村という山里の子供であったのならば、そんなことがあり得ようか。

「繰屋新九郎は、何か思い違いをしているのではないでしょうか」

百足の身体がねじれてひくつき、ようやくその動きが止まって、死んだ。

第四章　呪　縛

一

その日のうちに、石野織部は行動した。まずは衛士たちを、次には奉公人たちを集め、簡略ながらも明らかにしたのである。今後は各務多紀と田島半十郎が織部の下でお館様にお仕えする。二人には相応の礼を以て接するように。

「但し、多紀はお館様の御側に上がるわけではない。そこは考え違いをせぬように頼む。あれは気丈なおなごじゃ。そなたらが成敗されては、儂が困る」

織部の言を、一同はかしこまって聴いていたが、おごうだけはつと笑いそうになって、慌てて堪えた。織部は、この女中がいっそう気に入った。枯れ爺とて、剽げてみせたときには応じてもらえねばつまらない。

山の岩牢の囚人についても、初めてはっきりと説明した。あれはかつての御用人頭・伊東成孝であり、此度かの者を館へ連れ降ろしたのは石野の意思である。伊東が逃亡を謀ったり、館の者たちを害する不安はない。皆には、これまでどおりの精勤を命じる。

囚人の素性は、衛士たちには周知の事実だったし、奉公人たちも薄々察していたはずだ。伊東成孝がここへ来たのは、重興から十日ほど遅れてのことで、館の日々の営みもようやく落ち着いた頃であった。そこへものものしい見張り付きの唐丸駕籠が到着し、半死半生の態ではあるが、城下でその顔を知らぬ者がいない御用人頭様が引きずり出されたのだから、気づかぬわけがない。実際、織部がこれを明かしたとき、素朴に驚いたのはお鈴ぐらいだった。

但し、衛士たちも奉公人たちも、あれが誰かということは知っていても、切腹して果てたはずの人物がなぜ生かされ、ここに囚われているのかという事情は知らない。織部も、己の口からそこまで踏み込んで打ち明けるつもりはなかった。どのみち、今後は少しずつ知られてゆくだろう。

話を終えて居室で一人になると、手ずから墨を摺り、筆頭家老・脇坂勝隆に宛てて、書簡を一通したためた。

長い文ではない。簡にして要。石野織部は諦めていないと伝えるだけだ。悲嘆と恥と恐怖にすがめていた目を見開き、真実を捜そうと腹を決めた、と。

五年前――

江戸家老の職を辞し、単身北見に帰った織部は、亡妻の実家の伝手を頼り、城下から二里ほど離れた村にある念仏寺に身を寄せた。

一時は仏門に入ることも考えたが、己のような者が悟りを求めて出家するのは、ただ現世に背を向けて逃げ出すことに等しいのではないかという迷いを吹っ切れず、俗世にあって重興の治政を見守りたいという想いも断ちがたい。結局、寺内の一角を借りてささやかな手習所を営むことにした。隠居料を返上した以上、生きていくためには生業を持たねばならない。

そのようにして始めた手習所の日々は、しかし、思いがけないほどの安らぎと充実を与えてくれた。二十年以上も江戸藩邸の切り盛りに専心してきた織部の顔は、村では全く知られておらず、習子たちもその親たちも、「いつもにこにこしているけど怒ると恐い爺さま師匠」に、よく親しんでくれたのだ。子供らは面白く、手強く、いつも活力に溢れていた。織部の教えることを、砂地が水を吸い込むように身に付け、成長してゆく。

その活き活きとした姿は、織部の脳裏に、しばしば一人の少年の記憶を呼び起こした。彼が江戸藩邸で仕え、守り育てた一松君の記憶だ。

その一松君――重興は、滞りなく六代藩主の座に就いた。家臣どもには名君と仰がれ、ご一門からの信望も厚かった父君の跡を継ぐにふさわしい、若き主君となった。お国入りの行列は、かつて織部が夢に思い描いていたとおりに、領民たちの熱狂を招いた。

だが。

――本当に、これでよかったのか。

不安は、常に織部の心の底に淀んでいた。

やがて重興の傍らに、伊東成孝という人物が現れた。重興の重用を受け、一年足らずのうちに鯉の滝登りのごとき出世を遂げて、権勢を誇るようになった。

織部は当初、伊東が有能な忠義の士であるならば、ご一門や古狸の重臣たちが渋い顔をしようと、これは重興にとって喜ぶべきことだと思っていた。父君の施政を受け継ぎながらも旧弊を廃し、新たな北見藩政を立ち上げていくためには、清新な腹心が必要だ。

だが、事態はそう甘くなかった。手習所の爺さま師匠の耳にも、徐々に徐々に、悪い風評が聞こえてきたのだ。伊東成孝の専横ぶり。その我が物顔を許している重興の怠慢。重臣たちとの対立。家中にも党派が生じ、貧しいながらも主家の元に固い一枚岩であることを誇ってきた北見藩が割れつつある。

織部の心の深みに沈んでいた不安は、深淵（しんえん）に潜む怪魚が少しずつ水面に近づき、魚影を現してゆくように形を成していった。

若（わか）は、どうしてしまわれたのか。

不安に胸苦しくなると、小さな念仏寺の古ぼけた本尊に手を合わせ、織部は念じた。

――御仏（みほとけ）よ、若をお守り下され。

その願いが空（むな）しかったことを知ったのは、今年の如月（きさらぎ）（二月）の半ば、習子らが帰って静まりかえった手習所に、一人の来訪者を迎えたときである。

「久しいの、織部」

脇坂勝隆その人であった。無紋の着流しに深編笠（ふかあみがさ）をかぶり、両刀も安手のものに替えている。

「達者なようで何よりだ」

心やすい口ぶりながら、所作には威風が漂う。重臣のお忍びに随行する陰廻（かげまわ）りが人払いをかけたのだろう、つい先ほどまで境内を掃いていた小坊主の姿が消えている。

「これは有り難い。金之助殿には、儂が耄碌のあまり論語を諳んじることもできぬようになってはおらぬかと案じて、お見舞いくださったか」

　幸いにも、北見藩の家老衆四家は、他藩によくあるような権勢争いには縁がなかった。不幸にも、争っているほどの余裕がなかったからである。織部と勝隆も、歳は織部が二つ上だが、それぞれの家の嫡男として、幼いころから競い合い親しみ合ってきた。そのころの呼び名には、今も懐かしい響きがある。

　しかし、織部と同じく老境に入った脇坂勝隆の顔には、そのとき、隠しようのない苦渋と疲労の色が滲んでいた。

「用向きは一つだ。頼みがある」

　声音は低く、割れていた。

「五香苑の館守を務めてほしい」

すぐには言葉の意味を解しかねた。この隠居が、今さらなぜ藩主の別邸に？

まさか、と思い当たった。

　脇坂は、まっこうから織部の目を見た。

「殿が隠居され、北見城からお移りになる。館守としてお仕えし得る人物は、おぬししかおらん」

織部は声を失った。

「既にご一門のご意向はまとまっている。跡目には尚正様にお立ちいただく」

「それは、つまり――」

「左様、重興様を押込奉る。このような仕儀に立ち至った由は、今さら事を分けて語らずとも、おぬしには察しがつくはずだ」

そうだ、織部には判った。

「殿は、それほどお悪いのか」

「この五年、年ごとに悪化してきた」

脇坂の口調は、冷酷なほどきっぱりとしていた。

「あの放心癖がぶりかえしたばかりではない。近ごろでは、錯乱と称した方が合っておるかもしれぬ」

「どういうことだ」

「我を失っておられる際、しばしば別人になられる。女になる。子供になる。醒めると、それを忘れておられる」

耳を疑うような話だった。

「私とて、この目で見ておらなんだら信じぬだろう。だが、真のことだ」

「殿は、ご自身でそれに気づいておられるのか」

「もう子供ではないからな。放心や錯乱があるとはっきり自覚しておられぬまでも、ご自身のふるまいに何かおかしなところがあるのかと、不安を覚えておられるようだ」

伊東成孝は、その不安につけ込んでいるのだという。

「あの利け者め、言葉巧みに殿の懐に入り込み、我ら重臣を退け、彼奴にばかり信を置くようたぶらかしておる」

これ以上捨て置くわけにはいかない。

「北見藩にとってばかりではない。重興様ご自身にとっても、伊東めは身中の虫だ。確かに彼奴は、殿の病が露見せぬよう、その場その場を取り繕う役には立ってきた。彼奴の働きが殿の不安を和らげてきたこともある。だが、それも限界だ。このままその場しのぎを続けていては、早晩」

そこで、脇坂勝隆は何かに断ち切られたかのように言葉を呑んだ。

「早晩、どうなる」

問い返した織部を見据える、威嚇するように鋭い眼差し。脇坂の白目が血走っている。

「大殿がみまかられたときのような事が起こりかねん」

織部は身体から力が抜け、血が冷えてゆくのを覚えた。

大殿がみまかられたときの出来事。

――ざまをみろ。

石野織部と脇坂勝隆が、共に墓の下まで持っていく秘事だ。

織部が守り育ててきた一松君には、十歳ほどのころからだろうか、まれに放心する癖が出始めた。前後を忘れてぼうっとしてしまい、話しかけても応じない。応じてやりとりすることがあっても、放心から醒めると、それを覚えていない。

身体つきこそ華奢だが、麻疹も軽く済ませ、あとはめったに風邪もひかぬ元気な若君だ。ただ、たまに魂が抜けたようになる。何がきっかけでそうなり、そこから醒めるのか、藩医にもわからない。

一松の父、北見成興は、それを我が子の幼さ故と見なした。厳しく鍛え、武士の魂を養えば自然に治る、と。

一松の母、成興の正室も、ほとんど同じような考えを持っていた。育ち盛りの子供の気が散りやすいのは当たり前であって、いちいち咎める方が成長に障る、と。

事実、その癖にさえ目をつぶれば、一松は非の打ち所のない若君だった。漢籍を教える儒学者を驚かせ、剣術指南役を瞠目させる。人形のように愛らしい顔立ち。はきはきした言動と、明るい気性。あらゆる意味で将来を嘱望されていた。

自身では放心したことを覚えていない以上、まわりがあれこれ言わずにおけば、悩ませることもない。めったに起こることではないから、側衆や小姓たちでさえ、気づかぬ者は気づかぬままだ。いちいちかまうな――という父・成興の命令は、当を得たものであるように思われた。

そして実際に、元服し、名を重興とあらためるのと前後して、その放心癖はきれいに消えてしまったのだ。やはり、成長期の一時的な障りに過ぎなかったのだと、織部は胸をなで下ろした。

もう一欠片の憂いもない。北見藩は安泰だ。我らが若の、何と健やかで美々しく、凛々しいお姿よ。

――どれほど誇らしく思っても足りぬ。

だが、その誇りも喜びも希望も、あの一夜で崩れ去った。

宝永二年（一七〇五年）、如月（二月）七日。北見藩江戸上屋敷。底冷えのする夜、四ツ（午後十時頃）を報せる時の鐘を聴いて間もなくのことだったと、織部は覚えている。

屋敷の奥であがった、ただならぬ怒声を覚えている。

それが人の声ではなく、獣の声のように聞こえたことも覚えている。

警備の者どもと共に駆けつけた寝所で、成興が頭を割られ、顔を朱に染め、事切れていたことも覚えている。

その傍らに仁王立ちし、父の無惨な亡骸を見おろしていた重興が、織部の方をゆっくりと振り返ったのを覚えている。その美しい顔に、練り絹の白い寝間着に、血が飛び散っていたのを覚えている。

織部と目が合うと、重興は言った。

「ざまをみろ」

そして笑いだした。顔をのけぞらせ、喉を鳴らし、身体を揺すり吼えるように笑って、笑って、笑い続けた。

織部は叫んだ。「若！」

重興は白目を剝いてくずおれた。その手から何かがごろりと落ちた。江戸で成興が特に注文して造らせ、身近に置いていた愛馬の銅像だった。重興はこれで父親の頭を殴ったのだ。銅像は重く、ぬらぬらと血で濡れていた。

血で汚れた凄惨な寝所には、碁盤が据えられ、白黒の石が散っていた。北見父子は就寝前のひととき、碁盤を囲んで楽しむことがよくあった。その夜もそうだったのだろう。何がどう拗れて、こんな惨事へと繋がったのか。

それは当時も謎であり、未だに謎のままだ。気絶したきり昏々と眠り続け、翌日も午を大きく過ぎてからようよう目覚めた重興が、何ひとつ覚えていなかったからである。

「石野、どうした。そんなに青い顔をして」

目覚めた重興は、枕頭に座していた織部に、心配そうにそう問いかけてきた。

そのときの驚愕を。

闇のような絶望を。

その闇のなかに落ちてゆく恐怖を。

織部は今も忘れることができない。

あの放心が、また起こったのだ。

あの放心が、若を呑み込んでしまったのだ。

——何ということだ。

これは正気の者の有り様ではない。

重興様は乱心しておられる。

成興の死は、公的には「卒中による急死」で片がついた。

江戸上屋敷でも、その場に居合わせた者はごく限られている。彼らに口止めし、口裏を合わせるよう説くことは易しかった。藩主をその嫡男が弑したなど、公儀に知られれば、北見藩は断絶、家臣一同は路頭に迷うことになる。

織部が真実を告げたのは、御正室と、成興の出府に随行し江戸藩邸に滞在していた藩医の白田源有と、国許の脇坂勝隆の三人だけである。

源有医師には、成興の卒中死の体裁を整えてもらう必要があった。ご一門など、成興の遺体に対面する人びとに、額のひどい傷を、「倒れたときに碁盤の角に打ち付けて生じたものでございます」の一点張りで押し切ることができたのは、それが藩医の言だったからである。皮肉なことに、「碁盤の角でこれほど深い傷になるものか」と訝り、すぐには納得しなかった重興の前で動揺を表さずにいられたのも、源有が熟練の医師だったからである。

さらに、筆頭家老の合力がなければ、織部一人でこの大きな嘘を固めることはできなかった。ただ織部は、物事の筋目を重んじる金之助のことだから、あるいはご一門に事を打ち明けるかもしれぬと、半ばは覚悟していた。半ばは、それでいいとさえ思っていた。欺瞞が破れたら、織部が皺腹をかっさばくだけのことだ。

だが、筆頭家老も隠蔽の道を選んだ。

成興の葬儀を終え、嗣子の重興を新藩主に立てる手続きに追われている最中に、織部は一度だけ、その真意を問うてみたことがある。すると脇坂はこう答えた。

「重興様が何も覚えておられないのなら、何も起こらなかったのだ」

その声音には、鋼のような意志が込められていた。

「それよりも、我らが憂えねばならぬのは、この先のことではないか」

北見重興はまだ二十一歳だ。

あのような事は、また起こるのか。

あのような乱心を治す、手立てはあるのか。

白田源有は、ただかぶりを振るだけだった。

「確かなことは申し上げられませぬ」

二度と起こらぬよう、祈るしかない。

危ない賭けだ。だが、勝算はあるように思えた。父君の葬儀を立派に執り行い、母君を慰め励ます重興を見ていれば、これこそが若の本来のお姿であり、あの一夜の惨事は悪い夢に過ぎなかったように思えた。

二度と起こらぬと信じるしかない。

「ただ、気休め程度ではございますが、案がございます」

源有の提案はこうだった。

「何も起こらなかったとして押し通すならば、この先、重興様ご自身にも、何か思い出していただいては困る。左様でございますな？」

「思い出すことがあるのだろうか」

「あるかもしれませぬ」

重興はあのとき、正気を失ってはいても、五感と知性まで欠いていたわけではない。脳裏のどこかに記憶が刻み込まれているはずだ。

「それが蘇る機会を封じなくては」

人の命を預かる医師は、必要とあらば冷酷になれる。源有は容赦がなかった。

「重興様が何も思い出されぬよう、まずこの上屋敷の奥の模様替えをお勧めいたします」

もっと望ましいのは藩邸の屋敷替えだが、これは公儀に願い上げてお許しをいただかねばならず、そう簡単にはいかない。模様替えなら、北見藩の台所には苦しい費えではあるが、内々に行うことができる。

「ほかには?」

「あの夜の重興様のお姿を目にした者どもを筆頭に、これまで大殿と重興様の御側近くにいた者どもを、できる限り遠ざけねばなりません」

筆頭家老が目を剝いた。「しかし、御正室様はいかんともし難いぞ」

「ですから、できる限りと申し上げているのですよ。それに御正室様は既に藩邸を立ち退き、美福院として庵を結んでおられます。今後の重興様が母君に面会する折が、そうふんだんにあるとは思えませぬ」

「ならば、家臣や女中どもを入れ替えよということか」

「いの一番に私だ」

迷わず、織部は言った。

「それにこれは、このような裏の事情がなくとも、あるべき仕置にござる。私はもとよりその所存であった」

江戸藩邸を預かる立場でありながら、成興の身体の不調を見逃していた。責を負うて職を辞するのはけじめとして当然だ、と。

源有も深くうなずいた。

「藩医の私も同様にございます」

二人とも、それでいささかの不審を招くこともなく、重興の身辺から立ち退くことができる。

「江戸家老と藩医がそれぞれ隠居し、嫡男にその職を譲る——か」

筆頭家老は考え込んだ。

「重興様は慰留されるかもしれぬぞ」

「固辞いたします」と藩医は言った。「責というものは問われずとも生じます故に」

「同じく、私も」織部は言った。「但し、私は嫡男に家督を譲る気もない。直治郎も重興様の御側から遠ざけよう」

石野直治郎は、重興より五つ年長である。幼少のころ成興の児小姓に上がり、重興が誕生して物心つくと、その側衆となって勉学や剣術のお相手役を務めてきた。元服すると織部の配下の一人となり、昨年春からは、江戸家老下役として下屋敷の切り盛りを預かる立場にあった。

確かに直治郎も、源有の案を容れるならば、刷新されるべき人物である。その名目として、織部と同じく、成興の体調不調を看過しその急逝を招いた責を問うこともで

きる。しかし、

「それでは石野家が絶えるぞ」

「望むところだ」

筆頭家老と藩医は顔を見合わせた。

「重興様は、ご子息にも親しみを覚えておられるはずです。石野様が隠居なされば、筋目は通る。ご子息のことは慰留されますぞ」

それを辞宜し切れるのか。直治郎本人の意志はどうなる。

「ならば私の覚悟を示すまでのこと。江戸家老としてまず下役を相務める石野直治郎を罷免し、石野家の当主としては、あれを勘当する。私の隠居願いはそれからだ」

悲哀と絶望が織部の心の堰を切り、言葉となってほとばしり出た。

「本来、隠居などしたくはない。重興様に、我が父を空しく死なせたこの大虚けめとお叱りを受け、切腹を賜りたい」

我が父を空しく死なせた。

その言葉の真の意味は。織部が真に、北見重興から聞きたい叱責は。

私が、我が手で父を弑するほど乱心してしまったのは。それほどまでに心を病んでしまったのは。

私を育み、常に傍らにいながら、おまえの咎だ！

——放心癖など、些細なことだ。

深く気に留めず見過ごしにしてきた、石野、
織部は膝の上で拳を握りしめた。半裃を着けた肩がわなわなと震えた。

「だが、それはかなわぬ」

殉死は公儀により固く禁じられているから、成興の追い腹を切ることもできない。

「ならばせめて、我が手で我が石野家に、能う限りの罰をもたらしたい」

押し殺し、それでも血を吐くような叫びのあと、沈黙が落ちた。

やがて、脇坂勝隆が低く問うた。

「直治郎は納得するか」

「あれは父の意に逆らう不孝者ではない」

「——そうか」

またしばらく黙り込んだ後に、

「酷だな」と続けた。「だが、このまま直治郎が江戸家老の座を継ぎ、重興様にお仕えするのを黙して見守ることになれば、おぬしにとってさらに酷か」

織部は返答することができなかった。

白田源有が小声で言った。「心中、お察し申し上げます」

「源有殿、外していただけるか」

目礼し、藩医はするりと去った。

「織部」と、脇坂は呼びかけた。「石野殿」ではなく、名を呼んだ。

「私は疲れた。あまりの多忙に、この数日ろくに寝ておらん。だからこれから居眠りをして寝言を言うぞ」

そうして実際に目を閉じ、言った。

「直治郎に真実を教えてやれ」

父が何故(なにゆえ)これほど苦しんでいるのか、打ち明けてやるがいい。

拳を固めたまま、織部は深々と頭(こうべ)を垂れた。

「あとは、おぬしも倅(せがれ)も好きにせい。私が取りなしてやる。だが私の一存で、石野の家名は守るぞ」

こうして事は落着した。織部の去就と直治郎の勘当については、家中でいささかの風評を呼んだが、それもほどなく止(や)んだ。

重興は、嫡男を罷免・勘当してまで父子もろとも身を引こうとする織部の姿勢に、やむなく折れる形でこれを許したが、

「石野は一刻者だからなあ」

寂しげにそう呟いたという。

石野家には脇坂の三男・新之丞が入り、江戸家老に就くことに決まったが、脇坂は織部にこう言った。

「これは新之丞一代の処遇だ。次代の江戸家老には、家中から新たな人材を求めよう。我ら四家も、古びて固くなった尻を世襲の座から持ち上げてもいい頃合いだ」

残酷な真実と、それ故の父の苦衷を知らされた直治郎は、成興のために、重興のために、まさに血涙を流した。

「仲睦まじい父子であらせられたのに」

しかし、織部と共に北見藩を去ることには、一瞬の躊躇も見せなかった。

「今後の重興様のお心がお健やかであることを祈念し、潔く浪々の身となりましょう」

済まぬ――とひと言、織部は詫びた。

直治郎とその妻子は、藩邸御用達の商家の紹介で江戸市中の長屋に落ち着くと、織部にもそこで共に暮らすことを勧めた。

「今後は父上に孝養を尽くさせてください」

「余計なことだ。おまえはまず妻子を養う方が先であろう」

心中、直治郎のことは心配無用と思っていた。もともと武士の気位にこだわらず、気概よりも気働きで江戸藩邸のやりくりを助けてきた男だ。当人もそれを、「父上の薫陶よろしき故です」と、さらりと弁えていた。

「私は北見に帰る。死んだものと思ってくれ。それが最大の孝行だ」

別れるとき、腕に抱き上げた孫の身体の温もりに、また一松君を思い出した。離れて久しかった故郷へ帰る道すがら、風にまぎれて、織部は泣いた。

私はもう、ただの涙もろい隠居だ——

その隠居に、筆頭家老・脇坂勝隆は、再び重興に仕えよという。

「若は、儂を覚えておられるのだろうか」

「忘れるものか」

「だが、しばしば別人になられるのだろう。それも女や子供とは」

そこまで乱心の度が進んでいるのでは、五年以上も御側を離れていた者の顔など、もう見分けがつかぬのではないか。

「それについては、私にもうまく説明ができんのだ」

脇坂は苦り切った。胆力では家老四家の人物のうちでも随一のこの男が、困惑と腹立たしさに加え、わずかながら臆した色を見せたことに、織部は驚いた。

「確かに女や子供になられる時がある。だが、そこから醒めると元の殿なのだから」

「まったく健全な？」

「――とも言い難いところがまた難でな」

特にここ一年では、醒めてからの重興にも、心ここにあらずのふうが残っているという。

「おそらく殿も、我を忘れ記憶を失っている時のことが恐ろしく、ご自身のことも、我ら側近のことも信じられなくなりつつあるのだろう」

織部は想像してみた。昨日、己が何をしていたのか思い出せない。下知した覚えのないことを問われる。それが小姓たちであれ、警備の馬廻役の者たちであれ、表情は常に怪訝そうで、どことなく落ち着かない。日数を数えてみると、飛んでいるような気がする。

――私ならば耐えがたい。

いっとき女や子供に変わり、そこから醒めて元に戻った重興を囲む者たちの目には、少なからぬ嫌悪や恐怖の色さえ浮かんでいるかもしれないではないか。

「新之丞は、殿はしばしばあらぬ方を見つめる目をしておられると言うておる」

脇坂勝隆は、腹立たしげに息を荒らげた。

「そこにまた伊東めが小賢しく介入するので、なおさらややこしい」

伊東成孝は、殿には微塵もおかしなところはない、少し物忘れをなすっただけだ、お身体の変調があるだけだなどと言いくるめ、

「そのくせ、殿が異変にみまわれると、奥から我らを閉め出し、小姓たちさえ遠ざけて籠もってしまう。我らが再び殿のお顔を見るときは、元に戻って呆然としておられるか、深く眠っておられる」

背筋が寒くなる事態ではないか。

そんな有様で、これまでよく無事だったものだ。国許ならまだ隠し果せよう。だが、重興が出府しており、江戸城に出仕している折にそのような異変が起きたなら――

「外部には漏れておらんのか」

「これまでは、からくも逃れてきた」

ため息を吐き出しつつ、脇坂はそう言った。

「およそ外向きのことは、村瀬に任せておけば案ずることはなかったが」

諸大名の江戸藩邸には、大黒柱が二本ある。江戸家老と江戸留守居役だ。前者は主

君の身辺にいて藩邸内のことを采配し、後者は公儀や他藩との交渉・外交を受け持つ。北見藩の江戸留守居役・村瀬久之介は、歳こそようやく四十路だが、成興の代からこの任にある手練れだ。

「いかに留守居役が巧く立ち回ろうと、殿が菊間におわすあいだに女や子供になられては、その瞬間に北見藩二万石の命運は尽きる」

長裃の礼装を調え、同格の大名と居並んでいて異変を起こしては、隠すこともごまかすこともできない。

「そのような羽目にならずに済んできたのは、偏に幸運のしからしむるところに過ぎぬ。御出府の時期には、新之丞は日々薄氷を踏む思いでいたろうよ」

関東の諸大名の参勤交代は通常半年おきで、二月か八月に江戸へ上り、半年を各藩邸で過ごして帰国する。

「今現在、出府しておられる。帰国は今月の末の予定だ」

そのあいだに押込の段取りを調えているのである。

押込つまり強制隠居は、不行跡な藩主に対して家臣団が取り得る最後の手段だ。北見藩の安泰のため、君主という個人を廃する。

「最早、押込しかないのか」

織部は呻吟した。

「これ以前に、なぜもっと早く手を打たなかったのだ。別の手段もあったろう。伊東成孝が御側にいることが殿の乱心を深めていたのなら、彼奴を除け」

脇坂は声を強めて遮った。「我らが試みなかったと思うのか。幾度も試みた。しかし届かなんだのだ」

重興が完全に乱心しきっているのではなく、醒めているときもあることが、なおさら事を複雑にしていた。

「彼奴は殿の御抱えだ。殿の下知がなければ手も足も出せん。それを承知の上で、彼奴が身辺に集めている家中の跳ね上がりどもが邪魔だてしよるのも忌ま忌ましい」

北見藩の重臣の顔を捨て、共に若かった日の朋輩の顔になり、脇坂勝隆は歯嚙みをした。

「何度、彼奴の首をねじ切る夢を見たことか。それさえかなうならこの皺首など喜んで差し出すと、神仏に願うたわ」

手習所の板壁には、習子たちの習字を貼り出してある。そのうちの一枚——皮肉にも「忠」の一字を大書したものが、隙間風にふわりと揺れた。

いっとき、二人の老侍はそれに目をとられて押し黙った。

「ご一門はよしとして、ご公儀には」

「ご老中の内裁を得る運動の最中よ」

この場合の〈内裁〉とは、単なる事前の承諾ではない。後々もこの押込について公儀から沙汰（さた）することはないという了解を取り付けておくのだから、賄（まいない）が要る。

「見込みはいかに」

「遺漏はない」

織部は再び壁の習字に目をやった。どれも拙（つたな）いが勢いのある筆運びだ。習子たちのなかに、村の農家の子で、己の名を書くことさえおぼつかぬ子が一人いる。織部はけっして見放さず、根気強く教えて励ましてきた。

ここの日々は楽しかった。

「――新しい師匠を見つけてやらねば」

子供らよ、許せ。この爺（じじい）は一松君と命運を共にする。

二

五香苑の館守（やかたもり）となり、重興を迎える支度を密（ひそ）かに着々と調（ととの）えながら、織部は、桃が咲き、桜が咲いてやがて葉桜となり、神鏡湖の湖畔を紅白の縁飾りの如く彩る躑躅を眺めた。

脇坂勝隆は、織部の下で重興に仕えることになる衛士や奉公人には、口が固く気の利いた者たちを集めてくれた。館の普請直しに入った大工や建具職人たちも、腕が確かな上に信頼のおける者どもだった。

今現在の藩医である白田源有の嫡男は、重興に随行している。だから事前に会うことはできなかったが、そのかわり、館で重興の主治医となるその弟の白田登とは、何度もよく話し合うことができた。白田医師は既に、彼の父や兄から、重興の放心と錯乱についてもいくらか聞き置いているという。

「ご病状については軽率なことを申せません。しかし、隠居され、現状の危ない綱渡りのような日々から解き放たれることは、重興様にとっても幸いかと存じます」

また医師は、織部がときおり咳をすることも気にしたが、

「儂ほどの歳になれば、肺腑が弱るのも自然のことでござろう」

仮に病が見つかったとて、療養している暇などないし、そのつもりもない。白田医師も、その意を汲んでくれたようだった。

「では、お身体を温める薬湯を処方いたしましょう」

白田家を背負う兄よりもはるかに身軽だった彼は、十七歳で長崎に遊学し、著名な蘭方医の下で学んでいた。北見に帰ってからは、藩の施薬院・慈行寮で多くの患者を診て経験を積んでいる。その処方する生薬はよく効いた。とはいえ、織部はよく多忙や物思いにまぎれて服用を忘れ、咳をしていると、寒吉やおごう、お鈴が気にかけてくれる。

「あ、また薬を忘れてますね」

「石野様、お薬は？」

「お持ちしますから、すぐお飲みください」

白田医師に選ばれて慈行寮から五香苑にやって来たこの三人は、すぐに織部のお気に入りにもなった。とりわけ少女のお鈴は、身に酷い火傷を負い、まだ疼痛を覚えることもあるらしいのに、骨身を惜しまぬ健気な働き者だ。

押込の決行が近づいてくると、織部は夜も眠れなくなった。「万事に遺漏はない」と脇坂は言うが、畏れ多くも殿を廃しようという企てなのだ。しかも重興には伊東成孝という〈佞臣〉がおり、これに与する党派もある。ひとつ間違って事が破れれば、脇坂ら重臣たちの方が御家転覆を謀った逆臣として誅されることになるかもしれない。

五月の半ば、脇坂が放った陰廻により、「決行は明朝辰の刻」という報せを受け取ってからは、生きた心地さえしなくなった。五香苑で働く者たちの目には、このときの織部こそ放心しているように見えたことだろう。

幸いなことに、全ては杞憂だった。

決行当日の早朝、北見重興は、城内謁見の間でその時を迎えた。北見尚正を戴き、ご一門による〈異見状〉と家老衆の上申を読み上げる脇坂勝隆に対して、若き君主はひと言の抗弁もせず、城からほど近い北見家の菩提寺へとその身柄を移された。

同じくその場で捕らわれた伊東成孝は城内北曲輪に留置され、伊東家とこれに与する主立った家臣どもの屋敷には、城代家老・野崎宗俊の指揮する討伐隊が向かった。頭目を失ったこの党派の結束は滑稽なほどに脆く、多少の火花が散った程度で決着がついた。

城内でも城下でも争乱を見ずに済んだので、一夜明けて早々に、新藩主北見尚正は、重興を五香苑へ送ることを命じた。先触れの使番からその報せを受け、織部は身支度を調えた。

神鏡湖の湖畔の小道を抜け、躑躅の花と若葉の緑のなかを、重興が乗せられた総網代の乗物が近づいてくる――

五年以上の歳月を隔てて、本来あってはならぬ再会だ。

乗物から降り立った北見重興は、囁くような小声で言った。

「――石野か」

織部の面前には、見る影もなく窶れ果てた青白い顔があった。

「有り難い。脇坂は、そなたを呼び寄せてくれたのだな」

織部は何も言うことができなかった。ただ、差し出された重興の手を取り、額に押し当てて目を閉じた。


「何を措いても、重興様にはまず、お身体の活力を取り戻していただかなくては」

白田医師の言を待つまでもなく、織部にもそれが最優先だということは判った。重興は血の気を失い体軀は薄く、影まで薄い。目が虚ろで、甚だしく生気を欠いている。

ただ、このときは錯乱の様子はなく、重興は重興のままで、隠居させられたことをきちんと弁えていた。それを怒ることや、誰かを詰ることもなかった。押込は自ら招いた仕儀で、自身が藩主として至らなかった、過怠であった故の結果だと進んで認める言葉も吐き、織部は痛ましさに胸が詰まった。

初めて座敷牢を見たときには、さすがに怯み、その表情が崩れた。重興は傍らについた織部を振り返ると、問うた。

「私はここに入った方がいいと思うか」

そして織部が何も答えぬうちに、続けた。

「石野は覚えているだろうか。私は幼いとき、たまに放心する癖があった」

「はい、覚えております」

「あれは子供のころ限りで、すっかり治ったと思っていたが、この二、三年ほどはまたぶりかえしている。自分が何をしていたのかわからぬ時が、しばしばあるのだ」

事実としては、この二、三年のことではない。が、重興が自覚できるようになってからは二、三年なのだろうと、織部は理解した。

「気がつくとあらぬ場所にいて、皆が私を探し回っていたことさえあった」

私はここに籠もった方がいい、と言った。

きわめて神妙なふるまいに、織部は思った。

——若はこの処遇に、むしろ安堵しておられるのではないか。

あの衰弱も、これまでの不安と緊張が一度にほどけたせいもあるのかもしれない。

とはいえ、重興の言動に怪しい節がないわけではなかった。正室である由衣の方はいつ五香苑に来るのかと尋ねたり、伊東成孝が依然御用人頭のまま、新藩主の尚正に仕えていると思い込んでいたりする。

「これも錯乱の故なのか、それともお心の整理がつかず、一時的に混乱しておられるだけなのか、今は見分けがつきません。しばらく時に任せて様子を見ましょう」

白田医師の見解に従い、織部もいちいち理詰めで応じず、言葉を選んで話を合わせたり逸らしたりしつつ、重興を見守ることにした。急かす気はなかったし、その必要もない。由衣の方はさておき、伊東成孝のことなら、当人に訊けばよい。

この五年近く、重興と伊東成孝は、どのような信頼関係を結んできたのか。その関係が重興に悪しき影響を与えてきたというのなら、逆に考えれば、そのなかにこそ彼を錯乱から引き出すための手がかりが隠れているかもしれない。できるだけ詳しく聞き出したいと、織部は思った。

新藩主の北見尚正は、重興重用の御用人頭の仕置については、早々と家老衆に一任していた。もとより卑しい成り上がりのことであり、城内の後片付けは、散らかした者が良きに計らえということだ。

この一任に、これまで面憎い利け者の前で歯噛みしてきた家老衆は勇み立った。伊東成孝には、煮えたぎるような怒りと恨みがある。その身柄を城下の獄舎に繋ぎ、どのようにして重興を謀り操ってきたのか白状させようと思うさま責め立て虐げたが、伊東もしぶとくこれに抗った。

脇坂勝隆とのあいだに使者を往来させ、その様子を聞き知りつつ、織部は不安だった。このまま実のあることを得られぬまま、伊東を責め殺してしまわねばよいが。

そうこうするうちに、ようやく伊東が折れたという朗報が届いた。しかも、彼の者が石野織部に会いたがっているという。

織部は城下へ急いだ。驚いたことに、獄舎には脇坂勝隆のみならず、城代家老・野崎宗俊と、奥家老・武藤重兵衛も顔を揃えていた。

「伊東には一之助という嫡男がおる。押込の当日、乳母に抱かれて逃げ延びておった」

どういう伝手があったか不明だが、城下から三里余り離れた円光寺という寺にいたのだという。

「円光寺の住職は、私の又従兄だ。御仏の腕に入った幼子を殺せば仏罰があたるぞと、坊主のくせにこの私を脅しよる剛の者よ」

脇坂は鼻先で笑った。

「仏罰など今さら恐れるに足らぬ。乳母は逃亡の罪で城下に引っ立て斬罪に処したが、一之助には使い道があるかもしれぬと思うてな。そのまま預け置いていたのが役に立った」

「では、伊東は」

「嫡男の助命と引き替えに、口を割る。但し、我々家老衆三人の口約束では信用ならぬとほざきおって」

――重興様がもっとも信頼していた石野織部を呼んでくれ。

「石野、おぬしからその約定を取り付けたいそうだ。見込まれたものだの」

脇坂勝隆は、どこにいてもその身から相応の威風を漂わせている。城代家老の野崎宗俊は何かと激しやすく、その癖が顔や所作にも表れている人物で、見るからに癇性持ちだ。奥家老の武藤重兵衛は、その野崎が評するに「大らかな腑抜け」で、気は優しく人あしらいは巧いが、度胸がない。今も野崎は怒り心頭の態で、武藤は昼なお薄暗く異臭の漂う獄舎の空気に腰が引けている。家老衆のなかでは最高齢、還暦を過ぎている武藤には、この暗がりに漂う死の気配がひとしお身に染みるのかもしれない。

「伊東が真にそう言うたのなら、儂が見込まれたのではない。彼奴は今も重興様に、いくばくかは尊忠の念を残しておるのだ」

すぐ会おう、と織部は言った。

獄舎の最深部にある吟味部屋で、伊東成孝はその身を天井から吊されていた。おどろ髪で顔は隠れ、肋の浮き出た胴にも背中にも、無数の打ち傷、擦り傷がある。むっとするような血と膿(うみ)の臭(にお)い。その割に伊東の身体が汚れていないのは、何度となく水責めに遭わされてきたからだろう。

獄卒どもを控えさせ、四人は伊東の前に居並んだ。

「ふん、この程度か。手ぬるいの」

城代家老は独特の甲高い声で吐き捨てた。

「やはりこの吟味には、私が直々に立ち合うべきであった。私なら、三日は早く口を割らせたぞ」

「左様、御城代に任せては三日で責め殺してしまわれたろう。御筆頭殿は貴殿の手腕をよくご承知じゃよ」

奥家老はびくびくと首を縮める。

織部は一歩前に出て、酷たらしく痛めつけられた罪人を見上げた。

「伊東成孝よ、聞こえるか」

罪人の顎(あご)の先から、血と水が混じったものが滴(したた)った。

「儂が石野織部じゃ。そなたの一子一之助の助命については、この儂がしかと約定しよう。儂もそなたも、かつては等しく重興様に忠義を捧(ささ)げた身の上。重興様の名誉にかけて、この約定は違(たが)えぬ」

元御用人頭は、きっと頭を持ち上げた。おどろ髪の隙間から、炯々とした眼が覗く。

武藤が「ひっ」と声を呑んだ。

「――ご家老衆」

低くひび割れ、かすれていても、伊東成孝のその声には、呪詛のような響きがあった。

「出土村の繰屋という名に覚えはおありか」

そして、信じ難いことを語り始めた。


重興様の錯乱は死霊の仕業だと？

「戯けたことをほざく、この痴れ者が！」

分別を失ったように怒り狂う筆頭家老を押しとどめるために、織部は身を挺さねばならなかった。

脇坂の怒りはわかる。だが、ようやく引き出した話の真偽は、これから確かめねばならぬ。もしも伊東成孝の――いや、実は繰屋新九郎というこの人物の言う〈御霊繰〉という技が今もどこかに存在しているのならば、それを探し出すためにも、まだこの男に死なれては困る。

繰屋新九郎を五香苑に移してくれ。織部の懇願は、当初は一顧だにされなかった。五香苑の裏山にある古い岩牢に幽閉することを条件に、何とか許しを得ることができたのは、奥家老の武藤重兵衛が取りなしてくれたからである。

「重興様の御為になるというのなら、害虫でも飼っておくに越したことはない」

人と口論どころか論を交わすことさえ嫌い、左様ごもっともで右顧左眄する癖のあるこの人物が、意外にも気骨を見せて味方してくれたことに、織部は驚いた。

本人もそれを承知しているのだろう。弁解するようにこう言った。

「いや、儂は生まれついての臆病者よ。もしも死霊などの忌まわしきものがこの北見藩に纏わりついているのならば、一刻も早く祓う手立てを見つけるべきだと思うのみじゃ」

円光寺お預けの一之助についても、織部が約定を違えずに済むよう、武藤が今後を見守ってくれるという。

「これは殿の意にもかなうことでござる。尚正様は慈悲深い。幼子の命を絶つなど、戦国の世ならいざ知らず、この天下太平の世にはそぐわぬこととお嫌いになる」

と言ってからにわかに声を落とし、

「伊東成孝の血族の者が、その……恨みを呑んで死霊となり、重興様に憑いておるという話が、もし、もしもでござるが、真実であるならば」

「あるならば、何でござるか」

「伊東も、その子の一之助もまた死霊になり得るのではありませんか」

儂はそれが恐ろしい。

「よもや尚正様の御身にまで死霊の恨みが及ぶことがあっては、のう」

臆病者は物笑いのたねだが、このとき織部は笑わなかった。武士は死を恐れるべきではない。だが、死霊に魂を喰われ、正しく生きる道を見失うことは恐れて然るべきだ。

「御筆頭殿と御城代があれほど激怒されたのも、実はお二人も恐懼しておられるからではないのかな……」

武士の力では、死霊には勝てぬ。

「お言葉、よう心得ておきましょう」と、織部は言った。

必要な手配りを終え、城下で眠りの浅い一夜を過ごし、織部は五香苑に取って返した。帰り着いて白田医師に面会すると、今朝の重興は起き抜けから頭痛を訴え、朝餉の後も伏せっているという。

「拝謁が難しいほどのご様子だろうか」

「障りはないと思いますが」

「では、先生にも同席を願いたい」

座敷牢へと向かう織部の心中は思い乱れていた。重興様に、何をどこから切り出そう。伊東成孝という人物には裏が――いや、闇があったことを、どのように告げればいいのか。

その煩悶は、寝所の重興に対面した途端に消し飛んだ。

白絹の寝間着のまま起き直り、片手を脇につき、軽く身をひねってこちらを見ている。その姿勢、首の傾げ方、目つきまでもが違っていた。

――これは、重興様ではない。

織部が覚ったことを見抜いたように、重興はうっすらと微笑んだ。

「あら、石野様」

なよやかな女の声だった。

「今日はお顔の色が悪うございますね」

これが、重興の内にいる何者かと、石野織部が初めて対峙した瞬間であった。

三

早朝、おごうがお鈴と朝餉の支度をしていると、寒吉が奥の方から来て顔を出した。

「おい、これからちょっくら城下へお遣いに行ってくる」

寒吉が早々に奥にいたのは、石野様か白田の若先生に呼ばれたからだろう。

「ついでだから、何か足りねえものがあったら都合してくるぜ」

「ちょっと待っとくれよ」

おごうは手早く思案した。

五香苑のまわりの山からは茸(きのこ)や山菜が採れるし、神鏡湖では鯉(こい)や鮒(ふな)が釣れるが、ほかの食材や米や雑穀、日用品の類(たぐ)いは城下から運ばれてくる。その荷は十日に一度と便が決まっていて、一昨日来たばかりだ。

だから寒吉の言う「足りねえもの」とは、それ以外の些細なもののことなのだが、これがバカにできない。あるときは気にならず、ないと困る品々が、日々の暮らしにはけっこうある。

竈(かまど)の前にしゃがみこみ、顔を真っ赤に、ほっぺたをまん丸にふくらまして、火吹き

竹をふうっふうっとやっていたお鈴が、

「おきがえ」

と一声言って、「ふうっ」に戻った。上手に飯を炊くため、強火にしなければならない山場なのだ。

「あ？　何だって？」

お鈴は素早く火吹き竹から口を離し、

「たきさまの」と言い足した。

そうか。おごうはにっこりした。

「お鈴、いいことに気がついたね」

間に合わせにおごうのものをお貸ししてきたが、この先もご滞在なら、多紀様もご自分の衣類や小物が欲しいだろう。

「寒吉さん、ちょっと待っててよ。あたしが多紀様のご用を伺ってくるから」

なるほどと、寒吉も納得した。

「いらしたときは、身一つだったもんな」

そして急にそわそわして、一心に飯炊きをしているお鈴を横目に、おごうに顔を寄せてきて、囁いた。

「でもよぉ……。おまえ、どう思う？　石野様も、あんな手弱女様と部屋住の青侍を御抱えにして、何をされようってのかねえ」

　昨日の今日で、あれこれ言いたい気持ちはわかるが、噂話は控えねばならない。寒吉だってよくよく承知のはずだが、おごうが相手だと気が緩むのだろう。これは慈行寮にいたころからそうだった。

「手弱女様ってのは、何さ」

　おごうは葱をざくざく刻みながら言い返した。

「多紀様はお綺麗だけど、なよなよしたお方じゃないよ。ご自分の脚であの山に登って降りてこられたんだから、あたしより足腰が達者なくらいだ」

「俺はそういう意味で言ってるんじゃねえ」

「じゃ、どういう意味さ」

　ざくざくざくとやって、

「あ、寒の字、あったあった！」

　声をあげるついでに菜切りも跳ね上げたので、葱の切れっ端が寒吉の顔に飛んだ。

「八百屋で、ひねこびた生姜を選って買ってきてよ」

「藪から棒に何でぇ。俺を寒の字なんて呼ぶんじゃねえ」

「じゃあ寒吉大明神様、生姜を買ってきて」

「荷のなかにいっぱいあったろ」

生姜は薬味にも生薬にもなる重宝なものだから、切らさないようにしている。

「あんないいのじゃ勿体ないんだよ。筋張っててひねこびてて安いヤツでいいの」

「何で」

「このごろ、瓶の水が濁るのさ。生姜を沈めておくと、すぐ澄むから」

物心ついてからずっと女中や看護人として働いてきたおごうにとっては、他のどんなことよりも、これが夏が来たしるしだ。汲み置きの水が濁りやすくなる。

「やっと梅雨明けだね。今日だっていい天気になりそうじゃないか」

五香苑を囲む山々の輪郭を、朝日がくっきりと浮かび上がらせている。

「俺はこういうそら天気は信用しねえことにしてる。油断してると、ざざっと来るぞ。干し物に気をつけねえと――」

「はいはい、寒の字」

「寒の字って呼ぶな。包丁を振り回すな。葱なら俺が切ってやる。早いとこ多紀様に伺ってこい」

首尾良く「ふうっふうっ」を終えたお鈴が、笑いながら竈の前から腰を上げた。

「どうして〈寒の字〉は駄目なの？」

「女がそういう呼び方をすると、蓮っ葉に聞こえるからさ」

お鈴はきょとんとした。「蓮の葉っぱって、有り難いものじゃないの？　仏様がお座りになってるんでしょ」

「あんた、物知りだねえ。そういえばあたしも、なぜ〈蓮っ葉〉が身持ちの悪い女のことなのか知らないや」

「身持ちが悪いって？」

「おしゃべりはやめろ」と、寒吉が怒る。

「おお、こわ。今朝の寒の字は虫の居所が悪いんだってさ」

「はぁい」

「そういえば、神鏡湖にも蓮があるって、五郎助じいさんが言ってたよ」

食材になる蓮根の旬は冬だが、円座のような葉が繁るのは春から夏にかけてだ。

「南の岸辺に固まって生えてるんだって。時期になったら採りに行こうね」

「おごう！」

「はいはい、朝から怒ると験が悪いよ」

廊下を小走りに行きながら、おごうは一人でくすっと笑った。寒吉のことは言えない。あたしも気持ちが浮ついている。昨夜の石野様のお話のおかげだろうか。

——寒吉はあんなふうに言ってたけれど、多紀様と田島様は、石野様のお役に立つ方たちなんだ。

だってご覧よ。お館様をお迎えした日から時が停まっていたこの五香苑を、お二人は、次々と動かしている。まずは手妻（てづま）のように、あの囚人——元の御用人頭様を山の上から連れ降ろし、昨日は何と、お館様の座敷牢に足を踏み入れた。

当のご本人たちはご存じなかろうが、あのとき館のなかは大いに動揺していたのである。奉公人たちはもちろん、衛士（えじ）たちでさえそわそわしていた。もっともこれは、いつも多紀様の用心棒のようにくっついている田島様が、男泣きに泣いていたせいもあるらしいが。

「まあ、皆が驚くのも無理はないな」

落ち着き払っていたのは若先生だけである。

でも、きっとそのおかげに違いない。昨夜、おごうたちに語りかける石野様のお顔は、

——張りがあったというかねえ。

何かこう、目が覚めたような感じだと、おごうは思ったのだ。それが嬉（うれ）しかった。

これまでおごうたちは、努めて淡々と、石野様の下(もと)で働いてきた。何を見聞きしても驚かない。日々の務めに励み、余計なことは考えない。

最初(はな)から、そういう奉公ができると見込まれたからこそ、自分も寒吉も、幼いお鈴でさえ、若先生に選ばれてここに来たのだ。石野様にしっかりお仕えすることは、若先生の期待にお応(こた)えすることにもなる。

その気持ちは、石野様の人となりがわかってくるに連れて、さらに強まった。物静かな館守はいつも柔和で優しく、威張ったところなど欠片(かけら)もない。そのお心はお館様への忠義の念で満たされている。ただ——いや、だからこそ、石野様の目の奥には影があって、何を言い、どんなお顔をなさっても、おごうの目にはいつも悲しげに見えたのだった。

悲しくって当たり前だ。あの美々しく凜々(りり)しかった若殿様が、座敷牢のなかにおられるんだもの。いったい何が禍(わざわい)して、そんな羽目になってしまったのか。おごうだって、心が破けたように泣いてしまったことがある。石野様はどんなにお辛(つら)かろう。

奥へ近づくことはなくても、同じ館のなかにおれば、怪しく不審な事どもに、嫌でも気がついた。奥から子供の声がする。夜半に女のすすり泣きが聞こえてくる。

だが、詮索(せんさく)してはならない。口を固く引き結び、心を平らにしていよう。それが、ここで働く者の務めだ。

お館様がここに落ち着かれるとすぐに、神鏡湖の青い水面を眺めながら、若先生がこんなことをおっしゃった。

「この静けさ、浮き世とはかけ離れているなあ。壺中天とは、こんなふうかもしれない」

小さな壺のなかにある別天地だという。

「だから、浮き世にはない不思議なことも起こる。この館は壺中天になったのだ」

壺中天。珍しい言葉を、おごうは胸に刻み込んだ。あたしたちみんな、壺のなか。

——でもね。

多紀様は、その壺を割る天女なのかもしれない。だからこそ、石野様も気を取り直しておられるんだ。焼き芋じゃあるまいし、人はいつまでも壺に籠もってちゃいけないもんね。

五香苑の内にさしかかる朝日が明るい。おごうは元気よく一日を始めた。

そうして——午過ぎのことである。

「ここはどうかなあ」と、豊作が言う。

忙しないのが一段落して、おごうは、館付きの下男の五郎助じいさんと奉公人の一人の豊作と三人、神鏡湖の北の岸辺を歩いていた。手に手に万能や熊手や鋤を持っている。

言い出しっぺはおごうである。今朝方、お鈴と蓮の話をしたのがきっかけだ。冬になったら蓮根が採れる場所も見ておきたかったが、それに加えて、前から考えていたことがあるからだった。

苑の近くに頃合いの場所を見つけて、畑を作れないか。青菜や豆、芋の類いを育てることができれば、いちいち城下から運んでくる手間が、少しは軽くなろうというものだ。

この土地のことをいちばんよく知っている五郎助じいさんを案内人に、豊作にも声をかけたのは、生まれは百姓だと聞いたからである。なるほど、ずんぐりむっくりの体軀を藍色のお仕着せに包み、こうして岸辺を歩きながら、万能でひょいひょいっと草を除けたり刈ったりする手つきが堂に入っている。

「けど、日当たりはいいじゃないの」

おごうはまわりを見回した。雑木林を拓き、少しばかり灌木を伐る必要はありそうだが、土は軟らかい。神鏡湖は湧き水の湖なので、涸れる気遣いがないから灌漑の不安もない。もとより、五香苑の名称の所以の花木や果実の木が豪勢に育っている土地なのだから、畑だって出来よう。

「慈行寮でも、小さいけど薬草畑を作ってたんだ。だからあたしも心得はあるんだよ」

「肥料は何を使ってた？」

「植木屋さんに任せてたけど」

五郎助じいさんは、二人のやりとりには興味がなさそうに、あたりの木々の枝の繁り具合を検分したり、地べたに落ちた花や木の実を拾って歩いたりしている。

「ははん。臭ったかい？」

「そりゃあ肥料だもの」

「慈行寮は御番所の近くだろ。ぷんぷん臭う代物は使えねえ。お庭用にこしらえた植木屋の商売もので、材料は藁と干し鰯と、せいぜい魚の煮汁ぐらいだろうな。けども、芋だの青菜を育てるには、下肥を使わねえと」

臭いぞぉ――と、豊作は鼻をつまんでみせた。

「町場育ちのおごうさんじゃ、胸が悪くなって呼吸もできねえよ」

おごうもちょっと怯んだ。そこまで考えていなかったのだ。

がさりと音がしたので振り返ると、五郎助じいさんは腰につけた縄を解いて、岸辺から小高いところにある椎の木の枝にかけようとしている。ふん、と縄を投げ、足を踏ん張って体重をかけ、掛かり具合を見ている——と思ったら、するする登っていってしまった。

「まるで猿だねえ」

五郎助じいさんは干涸らびたように小柄で色黒で腰が曲がっている。そのまんまでも猿に似ているが、動きまでそっくりとは。

「このあたりの森は五郎助さんの縄張だな」

近在の生まれで、子供のころから苑で働いているらしい。

「それでも、五香苑の見事なお庭は、じいさん一人の手柄じゃねえ。年に何度か、やっぱり植木屋が入るんだ。今年は普請直しのときにいっぺん調えたきりだから、そろそろ来る頃合いだって聞いたよ」

「あらそう。だから？」

「だから、お庭もそう臭わねえだろ。お上品な肥料を使ってるからさ。けどもここで畑を作って、おごうさんが肥桶を担いでせっせとまいたらさ、どうなるよ」

風向きによっては、苑まで臭う。

「言っとくが、百姓は肥料を作るところからやるんだよ。まず肥だめを掘らねえとな」

　おごうはむっつりと黙り、豊作は愉快そうに笑った。「な？　やめときなよ。本当に畑をやるなら、ここに百姓を連れてくることだ。小屋がけして、何人か住まわせてな」

「そう……」

　おごうはちょこっと口を尖らせた。

「ところで、さ」

　五郎助じいさんが登っているあたりを仰ぎながら、豊作が呟いた。

「昨日よ、あの多紀様って方が奥へ入られたろう」

　こいつも噂話をしたがるのかと思ったら、風向きが違った。

「そしたら今朝は、お館様が朝餉も召し上がらなくて、ずっとお寝みになったまんまだってよ。何ぞ障ったんじゃねえのかな」

　そういう心配か。豊作も忠義者である。

「お館様がお食事を召し上がらないことは、そんなに珍しくないんだよ。そういうときは、時分どきを外れても、何か差し上げるんだ」

「そうなのかい。じゃあ、おごうさん、こんなところで油を売ってられねえやな。戻ろう」

　というところに、五郎助じいさんが縄をつたって蜘蛛みたいにつつっと降りてきた。

小脇に何かもじゃもじゃした塊を抱えている。

「そりゃ何だ？　鳥の巣かい」

「鴉の巣だぁ」

　五郎助じいさんはぶっきらぼうで、本当に必要なことしか言わないし、訊かない。

「卵か雛がいるんじゃねえか」

「これからだ。とっぱらってまう」

　鴉は貪欲で他の鳥を襲う。見た目も不吉だ。

「五郎助さん、目がいいねえ。あんなとこにある巣が見えたのかい」

　感心する豊作にかまわず、じいさんは鴉の巣をほぐしてゆく。

「なんぞ苑から盗ってねえか」

　鴉は光り物が好きで、人の住まいから物を盗ってゆくことがあるのだ。が、どうやらこの巣の主は手癖が悪くないらしく、小枝や枯れ草、蔓ばかりがほぐれて落ちてゆくが――

「それ、何かしら」

おごうも、本当に見当がつかなくて尋ねたのではない。一目でわかった。骨だ。細くて小さく、古い骨だ。

でも何の骨だろう。

「こりゃまた……骨だねえ」

豊作が手を伸ばしかけた。指でつまんでみようとしたのだ。

五郎助じいさんは、素早くその手を避けた。そして、半分ほどになったもじゃもじゃの塊をばさりと脇に放った。

「獣のだぁ。鴉は食い意地が張ってるでぇ、何でも食う」

「嫌だねえ」

「他にも巣があっかもしれねえ。おらはもうちっと回って戻る」

「そうかい。じゃあな」

それだけだ。ほんの些細な出来事である。おごうはけろりと、それっきり忘れた。

後々、思い出す機会がくるまでは。

百足を怖がり、泥鰌を気味悪がる男子が、北見藩の農村の子供だろうか。新九郎は強い思い込みにとらわれて、重興の身に起こっている出来事を、己の意に沿うように解釈してきただけなのではないか。

座敷牢での出来事を踏まえて、多紀と石野織部、白田医師に半十郎の四人は、よくよく話し合った。

「一度、全てを白紙に戻して考え直してみるべきであろうな」

出土村の悲劇も、死霊も御霊繰も脇に置き、頭も心もまっさらにしてみよう。織部の決断に、異を唱える声はなかった。

特に前向きだったのが白田医師である。

「存外早く、この時が来ました」と喜んだ。

「早くとも一年ぐらいはかかるだろうと覚悟していたのですが、多紀殿のおかげです」

「それは、どういうことでございましょう」

「重興様の身に起きていることが不可解で恐ろしいだけに、その解釈もまた不可解で恐ろしい方がふさわしく思われる。ですから死霊が云々（うんぬん）の話は、どなたにとっても呑み込みやすい説でした」

筆頭家老の脇坂勝隆が、初めて新九郎から出土村の死霊の話を聞かされた際、度を失うほどに怒ったというのも、話が莫迦（ばか）らしかったからではない。もっともらしく聞こえたからこそ、怒らずにはいられなかったのだ。

「しかもこの解釈は、五年近くの時をかけ、これを強く信じ込んでいる新九郎殿が、密かに重苦しい不安を抱えて怯(おび)える重興様に働きかけ、言葉は悪いですが、いわば練り上げてこられた筋書きです」

　だからその話そのものに強い呪力(じゅりょく)があり、周囲の他者に対しても、充分な効き目を及ぼした。一同、そっくり死霊話に取り憑かれてしまったと言ってもいい。

「呪力という言葉もまた怪しげならば、呪縛と言い換えてもかまいません」と、若き医師は続けた。

「この呪縛が解けるには、時がかかる。事を急(せ)いてはいけない。私はそう自分に言い聞かせておりました」

　呪縛を解くには、それにかかっている当事者たちが、まず自分たちを縛っているものがあることに気づくのが第一歩だ。それ以前に外からあれこれと別の理屈を説いたところで、効き目は薄い。かえってこじらせて、呪縛を強くしてしまうこともある。だから気長に、重興の健康維持に努めながら、誰かがふと、

　――何かおかしくはないか。

　気づいてくれるのを待とう。白田医師は、そう思い決めていたのだという。

「折を見て、私の方からそれとなく水を向けるつもりはありましたが、それもまだ早計かと控えておりましたので」

多紀の気づきが嬉しかったのだ。

「そうすると……つまり先生は、最初から、死霊が憑いているという話を信じてはおられなかったのでござるか」

半十郎の問いかけに、白田医師は爽やかに笑い、一転、口元を引き締めてきっぱりと言い放った。

「信じるも信じぬも、人が死んで後のことは、私には埒外です」

人の誕生、病や怪我、死に立ち合うのが医師の務めだが、生まれる前や、死んで後のことはわからない。

「埒外のことを物差しに、お館様を診立てるわけには参りません。私が常に考えていたのは、お館様のように、人が、いわゆる〈人が変わったようになる〉原因は何かということばかりでした」

「死霊のほかに、そんな原因がありますか」

「いくつもありますよ。たとえば、酒乱の人がいるでしょう」

日常は温厚篤実な人物が、酒に酔うと粗暴になる。言われてみれば確かにそうだ。

「頭に大きな怪我を負って、人が変わってしまうこともあるのです」

長崎に遊学中、蘭方医の下で、そういう患者を診たことがあるのだという。

「出島の役人の下役の男でしたが、荷車の下敷きになって頭の骨を折る大怪我をした後、ひどく怒りっぽくなり、ちょっとしたことですぐ激して、女房子供を手荒く叩いたり、詰ったりするようになってしまったのです」

その大怪我の治療そのものが白田医師にとっては得難い勉学の機会だったので、蘭方医の助手としてつぶさに見守っていたのだが、しばしば驚かされたそうだ。

「しかも、この発作のような怒りが起こると、見境がなくなるのです。自分の主人である役人に殴りかかり、止めに入った者にも噛みつく。怪我をする以前は、猫とあだ名されるほど温和しい男だったというのに、まさに別人になってしまいました」

「それは、酒は抜きで」

「一滴も呑まずにです。しかもこの下役の男は、カッと激して暴れた際のことを、あとできれいに忘れていました。その間のことは記憶から抜け落ちているので、指摘すると大いに狼狽えて」

「重興様の錯乱と似ておるのう」

半十郎は唸り、織部は考え込む。その傍らで、多紀はこっそりと身が冷えるような思いを嚙みしめた。

——人が、いきなり我を忘れて怒る。

死霊を抜きに、ただそれだけを取り出して考えてみるならば、多紀自身にも思いあたる節があったからである。

これまでは、自分のそんな経験を、お館様の錯乱と結び付けて考えたことはなかった。多紀もまた死霊話に呪縛されていたのだろうし、なにしろ忙しなく驚きの連続で、他のことを思う余裕もなかった。

——ここでお話ししてみようか。

思ったけれど、結局口には出さなかった。いや、出せなかった。織部にも半十郎にも、白田医師にも覚られはしなかったろう。

「病でそういう変化が起こることもあります。軽い卒中で倒れて回復したあと物忘れがひどくなったり、熱病にかかったあと、それまで好んで食べていたものを嫌うようになったり」

「うむ」

懐手をして、半十郎はさらに呻る。

「しかしそれは……面妖ではありますが、男が女になったり子供になったりするほどの激しい変わりようではないでしょう。元からのその人物と地続きの変わり方であって」

「おっしゃるとおりです。だからこそ、お館様の場合は難しい。ただ、よく考えてみてください。お館様のように〈人が変わる〉様子を、あれほど激しくはありませんが、日常、我々も少しは見知っているはずなのです」

たとえば、病人や怪我人は、子供のように看護人に甘える。

「看護人もまた、患者が弱っているときには、相手が大の男であっても、幼子を扱うように接するものです」

それによって双方が心やすくなり、信頼性が深まるからだ。

「男も、時には女々しいふるまいをする」

織部の言に、白田医師は微笑んだ。

「そうですね。その場合の〈女々しい〉は、やや意味が違いますが」

「芝居の女形は、見事に女になりますな」と、半十郎が言った。「あれは厳しい修練で、そのような〈芸〉を身に付けるのでしょうが」

「そう、芸道を極めるという目的のために、生まれついての男を封じて〈女〉になりきる。人には、そういうことを為せる力が秘められているのです」

　そこが肝心な点だと、白田医師は言った。

「人の心は、そうしなければならない切実な目的や必要があれば、どんなふうにも変わり得る」

　男が女に。大人が子供に。

「それには死霊の憑依など関わりないと、私は考えています。もともと一人に一つの心が、いくつもあるかのように——一人のなかに何人もの別の者がいるかのように、外に現れているに過ぎません」

　医師の表情は凜と引き締まっており、その眼差しは明るい。まさに、これまで慎ましくつぐんでいた口を開き、説きたかったことを説いているのだ。

　たとえ何人の者が表に現れてこようと、座敷牢のなかにいるのは、北見重興ただ一人。果断に、そう言い切った。

「これからは皆さんにも、そう肝に銘じておいていただきたいのです」

　だから、北見重興を救うために解かねばならない謎は、〈錯乱のときに現れるあの女や子供は誰か〉ではないのだ、と言う。

「お館様のお心は、いったいどんな必要があって、あのように変わられるのか」

　女や、子供や、この四人はまだ会ったことのない〈野太い声の男〉は、なぜ現れるのか。

「目的は何か。あるいは、その効用は何かと言ってもよろしいでしょう」

「効用？」

「女や子供や粗暴な男になることで、お館様は何かを得られる。何かから守られる。何かを守れる。あるいは、何かから――」

そこで白田医師はちょっと間を置いた。

「逃げることができる」

この発言に、織部が動揺を見せた。額に手をあて、ぐっと俯いた。

「――石野様」

多紀の呼びかけに手を下ろしたが、目を閉じて眉間に皺を寄せている。

「五年前、二十一歳の若さで藩主の座に就かれることに、重興様は不安を覚えておいでだった。儂は、そう訴えるお言葉をこの耳で聞いておる」

そこで言葉に詰まってしまった。

「おっしゃるとおり、藩主という立場の重責に圧されたことも、あの錯乱のきっかけの一つだったかもしれません。しかし、折々に放心し、そのあいだの言動を忘れてしまうという癖は、重興様が幼いころから生じていたのでしょう」

ならば、病の根もまた幼少時にあるはずだと医師は言う。

「十四、五歳のころには、その癖はいったん消えていたと、父から聞きました。今となってみれば、消えたのではなく、一時的に目立たなくなっていただけなのでしょう」

重興が藩主となり、お国入りをし、江戸藩邸に暮らす若君であったころよりもはるかに多くの者の上に君臨し、その眼差しを集めるようになったことで、その癖はまた表面に浮かび上がってきた。ただ放心するばかりではなく、別人のようにふるまうというところまで悪化して。

「石野様？」

織部があまりに苦しそうなので、多紀はその顔をのぞき込んだ。

「お顔の色が――」

半十郎も気遣わしげに見つめている。そして、言いにくそうにもじもじしながら、

「多紀殿、石野様は、その、つまり」

半十郎がつっかえているのを、白田医師が引き取った。

「石野様は、江戸家老の職を辞して重興様の御側を離れてしまったことを悔いておられるのですね。自分が重興様についておれば、今般のような事態に立ち至らずに済ん

だのではないか、と」

　いつもの柔和な口調ながら、端的な指摘だ。織部の顔がさらに辛そうに歪む。

「お気持ちはお察ししますが、それは悔いても詮無いことです。何より、江戸藩邸を守る石野様のお立場では、仮に御側におられたとしてもこの北見で繰屋新九郎が重興様に近づくのを阻むことはできませんでした。その一事をとってみても、石野様お一人でどうにかできたことではありません」

　ずけずけと直截だが、事実ではある。

　多紀は織部の苦悶ぶりが心配で、そっと膝でにじり寄った。と、織部が顔を上げ、目を開いた。その額には冷汗が浮いている。

「田島、念を入れて人払いをしてくれ」

　声を落とし、そう言いつけた。半十郎は素早く石野の居室のまわりを検めた。

「誰もおりません」

　そうか、と呟き、織部は覚悟を固めたかのように背中を伸ばした。

「一つ、聞かせたい話がござる」

　そうして、織部は語った。今も家中の者たちと領民がその遺徳を慕い、今望侯の諡で称される北見成興の死の真相を。

あれは卒中による急死ではなかった。ほかでもない重興が、自身の父を殴殺したのだ。

語る織部の顔から血の気が引いている。多紀も半十郎も、想い(おも)は同じだ。衝撃のあまり声も出なかった。

ただ一人、白田医師だけは、軽く目を瞠(みは)ったものの、それ以上の動じるふうを見せない。若くとも、これが医師という職業に就く者の胆力なのだ。

石野織部は、身を強張(こわば)らせて吐き出してゆく。秘密を。疑念を。

「重興様が〈逃げ出したい〉と願っておられるのは、自らの手で父君を弑(しい)した記憶ではなかろうか。それがあのような錯乱を引き起こしているのではないのか」

重興にあの惨事を忘れたままでいてもらうために、織部は彼の側を離れた。だが、重興は覚えていたのではないか。記憶は残り、折々に蘇(よみがえ)ることがあったのではないか。だからこそ、逃れようのない自分自身の所業から逃避するために、重興は、あの突飛なやり方で己を失ってしまうのではないか。

「北見重興ではない、誰か別人になりたい。それも本来の自身からよほど遠い別人に。そんな願い故(ゆえ)に、あの錯乱が起きておるのではないのか」

そこまでひと息に語り、織部はがっくりと肩を落とした。悲嘆にまみれたその横顔、そこに顕れた老いに、多紀は胸が詰まった。

「――それもきっかけ、理由の一つにはなり得ましょうが」

落ち着き払って、白田医師は応じる。

「それ以前に、父君を手にかけたときの重興様が、そもそも本来の重興様であったのかどうかがわかりません」

「〈ざまをみろ〉と言ったのは、若のお声であった」

「声音は同じでも、別の重興様だったのかもしれませんよ。そもそも〈ざまをみろ〉というのは野卑な言葉です。重興様らしくありません。その一件のみにこだわって考えても、堂々巡りをするだけでしょう」

半十郎が頭を抱えた。「ややこしい……」

「ええ、厄介なことです。しかし、わかりやすく、呑み込みやすく、納得しやすいという理由だけで結論を急いではいけない。人の心は、そんな都合だけで割り切れるほど易しいものではありません」

冷たいほどに明晰な言い方だ。

「では、これからはどうしたらいいのでしょう？　わたくしどもに何ができますか」

多紀は、何かにすがるように指と指をきつく組み合わせていた。

「これまで私は、先ほども申しましたように、重興様とご自身の錯乱について話し合うことを控えてきました。しかし今後は少しずつでも打ち明けて、重興様ご自身のお考えとお気持ちを伺ってゆくことが、まず第一の取りかかりと思えます」

くだけた言い方をするのならば、初めて、当人と腹を割って話すということだ。

「重興様こそが謎の中心におられる。本来、英明なお方なのでしょう。ならば、謎解きにもご本人の力を借りましょう」

「先生はまた剛胆なことを言う」

半十郎も冷汗をかいている。

「他に例を見ない、難しい病と向き合うのです。徒手空拳ならば、せめて剛胆にならねばやっていかれません」

「は、はあ」

「これには、石野様のご助力がぜひとも必要です。どうか、お気持ちをしっかり持っていただきたい」

織部はまだ顔色を失ったままだ。しかし気丈に身を起こし、うなずいた。

「多紀殿にもぜひお手伝いを願いたい。貴女は早々に、重興様のなかの男子と親しくなられた。驚きました」

「確かに、多紀には、あの男子の方から打ち解けてきたようだと儂も思う」

「それは……わたくしにはわかりませんが」

――多紀はどこから来たの？

小首をかしげて多紀の顔を見つめたあのときの重興は、本当に、十歳にも足らぬ男子のように愛らしかった。

「慈行寮の看護人たちを見ていても感じることはあったのですが、今回はいっそう痛感しました。女人の優しさというものに、男はかないません。いや、まったく及ばない」

感じ入ったような白田医師の言葉に、多紀は身を縮めた。

「わたくしのような者がお役に立てるのならば、どんなことでもいたします」

「難しく考える必要はないのですよ。まず、あの男子と仲良くなっていただければいい。無論、そうしたやりとりのあいだに他の者が現れてきた場合には、その者とも話してみてください」

「かしこまりました」

「ということは、今後、多紀殿はしばしば座敷牢に出入りすることになるのですな？」

半十郎が口を出す。

「もちろんです」

「お一人で大丈夫でしょうか。私もご一緒に」

「そうしていただきたいときにはお願いしましょう」

「あ、はあ」

わかりやすく萎（しお）れる半十郎に、織部が言った。「おぬしの気持ちは、先生も多紀も、儂もよくわかっておる」

半十郎は恐縮した。

「今後、我々がもっともなすべきことは」

白田医師の口調が重みを帯びた。

「真の重興様にお目にかかり、我々に心を開き、信を置いていただけるよう働きかけることです」

真の、本来の北見重興。

「私の見る限りでは、押込の日から今日（こんにち）までのあいだで、本来の重興様が現れたのは、たった一度きりのように思えます」

重興が五香苑に着き、駕籠（かご）から降り立ち、出迎えた織部と顔を合わせたときだ。

——有り難い。脇坂は、そなたを呼び寄せてくれたのだな。

——私はここに籠もった方がいい。

「確かに」と、石野織部は呟いた。「あのときを除いては、儂が日々お目にかかってきたのは、抜け殻のような重興様じゃ。あるいは我らを遠ざけておられる——我らから遠ざかっておられる重興様じゃ」

「他の誰よりも、重興様ご自身がいちばん不安で、怯えておられるからですよ」

一人、心の奥に引きこもってしまっている。

「座敷牢にお伺いし、重興様が静かにお寝みになっておられたり、書物に親しみ写経をなさっているお姿を見れば、儂の心も一時は安堵したものよ」

儂が存じ上げている若じゃ。

「何も変わったことはなく、怪しい節もない。だがそれでも、一歩踏み込んでお尋ねする勇気を奮い起こすことはできなんだ」

いったい、何を苦しんでいるのか。

己の身に起きている変事をどこまで把握しているのか。

五年前の江戸藩邸の夜の出来事を覚えているのか。

「けっして、新九郎の言う死霊話に怖じけたつもりはなかった。ただ——」

北見重興その人が、北見藩の暗部となってしまった。その事実が恐ろしかったのだ。

「儂もまた、重興様から遠ざかっておった」

逃げていたのだと、織部は言った。

「ならば、これからは一歩ずつ近づいていきましょう。石野様が先に立ってくださらねば、先へは進めません」

「そうですとも！」

声を張り上げて、半十郎が言った。

「それに、重興様は石野様から遠ざかってなどおられませんぞ。多紀殿をまじえて語らっているとき、石野様が咳をすることを案じておられたのですよね？」

「ええ。泥鰌鍋は滋養があるから、石野が食べるといいとおっしゃったの」

「親しみに溢れた、重興様だからこそのお言葉でござる」

子供の重興。子供のころの重興。

「ええ、そうですね……でも」

多紀は今一度、座敷牢での重興とのやりとりを思い返してみた。

――そんなに畏まらなくても、今は一松はいないよ。

「あの子は、自分は重興様ではないと言っていたの。それでいて」

――一松と一緒に、北見領内のあちこちに行ったとき、よく大きな河を見たよ。

「自分が重興様と共にいることは当然のように話していました」

織部がうなずく。「あれには儂も驚いた」

織部に、おまえは三吉なのかと問われても、一度もそう認めたことはなく、

――まわりの大人どもの言動をよく観察しておって、調子を合わせているような様子があっての。

あの男子の慎重なふるまい、周囲を煙にまくような言動の裏には、ある種の分別があるのではないか。それはすなわち、重興の分別だ。

「あの子は、これまではまわりに――とりわけ、押込以前の暮らしのなかではいちばん頼りがいのあった新九郎の意に沿うようにふるまってきたのでしょうね」

そして今は、この変化した状況のなかで、どうすればいいのか、また様子を窺っているのではないか。この五香苑では誰に頼り、誰の言うことに沿っておけば安心できるのかと。

そういえばあの子は、織部が正装すると怖がるという。武士の魂である刀も怖がると。だから、多紀にはすぐ親しみを見せてくれたのかもしれない。遡ってみれば、新九郎が早々に重興の信頼を得て重用を受けたのも、重興のなかの一面であるあの男子

が、家老衆や他の側近たちと違い、根っからの武士ではなく、どんな形であれあの子を圧する権威を持ち合わせていない新九郎を好んだからではなかったのか。

北見重興は一人しかいない。だが、重興の心は幾人かの者に分かれて、重興ではないようなふりをして現れる。

そして重興を守り、かばっている。重興が、もっとも安心していられる状況をつくろうとしている。だが、それによって当の重興は不安に怯えて苦しんでいる。

「ああ、またややこしい」

天井を仰いで、半十郎は嘆く。

「わかったようなわからぬような、しかし、わかったような気分の方がいくぶん多いような気もするところが摩訶不思議」

「田島よ、おぬしもいい事を言う。儂も同じ気分じゃ」

「この次、あの男子に会ったら、あなたは誰ですかと尋ねてみてもようございますか」

「ええ、試みてください。多紀殿にならば打ち明けてくれるかもしれません。あの子が何と答えるのか、それが最初の手がかりになるでしょう」

ところで――と、白田医師は少々困ったような顔になった。

「その新九郎殿ですが、あの人にも、我々の考えをわかってもらわねばなりません」

重興と新九郎は前後してここ五香苑に移ってきたが、二人が引き合わされたことは一度もない。また白田医師も、新九郎とじっくりと話をしたことはなかった。

「一度、身体(からだ)の具合を確かめようと、岩牢まで行ってみたことがあるのですが、ろくに口をきいてもらえませんでした」

ここまでの事情が事情だ。致し方ない。が、今後もそのままではいけない。新九郎は、重興が藩主として暮らしていた五年ばかりのことを、もっとも詳しく知っている人物だ。聞きたいことは山ほどある。

だがそのためには、もう彼の唱える死霊話に付き合ってはいられない。新九郎にも、一度白紙に戻ってもらわねば。

「但(ただ)し、あの人を説得するのは、そうとう難しいことだろうと思われます」

新九郎の頭から死霊話を叩き出す。確かに手間がかかりそうだ。

「彼奴(きゃつ)は利(き)け者、曲者(くせもの)、札付きの頑固者でござるからな」

妙な表現をして、半十郎が腕に力こぶを作る仕草をした。

「私にお任せください」

「いや、これも多紀殿にご助力をお願いしたい。あの人も、多紀殿の言うことなら耳を貸しそうな気がします。田島殿には、その腕っ節が必要なときだけ助太刀を」

「ええ？」

「田島、喧しい」

という次第だったのだが――

新九郎に事を打ち明けてみれば、案の定、これは相当以上の難事であった。

「賢しらなことを言うな！」

新九郎は怒声を放ち、すぐと低く呻いて胸を抱えた。まだ傷が痛むのだ。

「大きな声をお出しになるからです」

多紀は素早く膝立ちになり、寝床に座っている彼の傍らに寄って、背中に手をあてた。

新九郎はその手を振り払った。

「壊れ物のように扱うのはやめてくれ。身体はもう大丈夫だ」

「勝手に決められては困りますね。それを診立てるのは私の役目です」

白田医師は苦笑する。

「まあ、少しぐらいいきり立ったところで、もう傷口が開く心配はありません。お好きなだけ怒鳴るといいでしょう」

新九郎は敵意を露わに医師を睨めつけ、多紀に言った。

「多紀、おまえはこんな藪医者の言に耳を貸して、俺を疑うのか」

「藪医者とは失礼な」

多紀は、ため息をついてしまった。やすやすとはいかないわ。

「新九郎殿、誤解してもらっては困ります。我々は出土村の惨事を軽んじているわけではありません。貴方の悲憤もよくわかる。ただ、そのことと、重興様の病とは別々に分けて考えるべきだと――」

「うるさい！」

何を話しかけてもこんな調子で、しまいには、多紀と白田医師も音をあげた。

「そういうふるまいを何と言うのかご存じですか。大人げないと言うのですよ」

「ふん、何とでも言え。多紀、おまえにはがっかりした」

「ええ、そのようでございますね。わたくしも残念に思います。先生、参りましょう。この札付きの頑固者とは、これ以上話したところで無駄でございます」

新九郎の顔が紅潮した。

「裏切り者め！」

行儀が悪いのは重々承知の上で、多紀は後ろ手に唐紙をぴしゃりと閉めた。

「申し訳ない」と、白田医師が頭を下げる。

「先生が謝られる理由などございません。あの人は、少し頭を冷やした方がようございます」

言いつつも、もちろん多紀も胸が痛む。出土村の惨事を背負って生きる新九郎は、惨殺された身内の者たちの魂が重興のなかに宿っていると信じ込むことで、どうにか悲しみと怒りに押し潰されずに済んできたのだろう。そのつっかえ棒を、いきなり外せと言われて取り乱すのも無理はない。

――お父様がいてくださったら。

父・各務数右衛門の顔を思い浮かべた。亡き父ならば、きっと誠意と威厳を持って新九郎を説き、叱り、宥めてくれたことだろう。

「今日は、お館様のご様子はいかがでございますか」

「今朝はお目覚めが遅く――」

ちらりとまわりを見て、衛士の姿がないのを確かめると、医師は続けた。

「先ほど座敷牢に伺ってみますと、ようやく寝所から出てこられました」

あの男子ではなく、重興に戻っていたという。但し、本来の重興ではない。

「石野様のお言葉を借りるなら、抜け殻のような重興様です」

　実のあるやりとりはできず、ぼうっと虚ろな目をしている。

「重興様の人が変わられることを、私は〈交代〉と呼んでおります。あたかも衛士が見張りを交代するように、表面に現れてくる人物が代わるので」

　なるほど、わかりやすい呼称である。

「〈交代〉が起こる前後は、重興様は深く眠ってしまわれることが多いのです。そして目覚めると、しばしばひどい頭痛を訴えられる。今日もかなりお辛いご様子でした」

　お労しい。多紀はあの美貌と漆黒の瞳を想った。

「とりあえず食事をとっていただき、頭痛を和らげる薬湯を差し上げてきました。その薬湯は眠気を催しますので、またお寝みになっているかもしれません」

　多紀の二度目の拝謁には、少し間をとった方がよさそうだ。様子を見ながら進めましょうと、医師は言った。

「かしこまりました。何事も、先生のご指示どおりにいたします」

　次に顔を合わせたら、重興は多紀を覚えているだろうか。あるいは、まったく初対面の応対をするのだろうか。あの男子には、いつ会えるだろう。

胸苦しいほどに、多紀は心が張り詰めている。だが一方で、不謹慎ではあるけれど、胸の奥に温かな灯がともったような気持ちでもあるのだ。それほどに、あの子は可愛らしかった。

「お館様の方から何かご用がおありの場合は、どのようになさるのでしょう」

「居室にある鈴を鳴らし、我々をお呼びになります」

これまで座敷牢に出入りしているのは、織部と白田医師、お仕着せを着た四人の奉公人たちだ。

「重興様ご自身とあの男子の場合は特段の気遣いは要らないのですが、件の〈女〉が現れているときには、奉公人たちのうちでも、特に寒吉がお気に入りのようです。他の者に身辺の世話を焼かれるのを嫌がり、今日は寒吉はいないのか、などと尋ねることもありまして」

重興と〈交代〉する者たちにも、固有の好き嫌いがあるのである。

「わたくしも嫌われないといいのですが」

おなご同士だ。

「おごうさんとお鈴ちゃんは、なぜ座敷牢に入れないのですか」

「おごうは重興様への尊敬の念が強く、あのお姿を目にして取り乱すのではないかと案じられました。お鈴は――しっかり者ですが、まだ少女ですからね」

やはり重荷に過ぎるだろう。あの娘の寂しげな佇(たたず)まいを思って、多紀はうなずいた。

そのときだ。不意にばらばらと音がたち、白田医師が驚いたように声をあげた。

「おや、雨だ」

つい先ほどまでは晴れていた空がすっかり曇って、あたりは薄暗くなっている。

「まあ、たいへん。干し物が」

東の詰め所から出ることができる裏庭には、物干し場がある。先ほど窓越しに見かけたときには、浴衣(ゆかた)や手ぬぐいなどがたくさん干してあった。

「先生、失礼いたします」

多紀は廊下を小走りに、詰め所の土間から履き物をつっかけて裏庭へ向かった。と、物干し場にはお鈴とお仕着せの奉公人が一人いて、大わらわで干し物を取り込んでいるところだった。

「お手伝いいたします」

「とんでもない、多紀様、雨に濡(ぬ)れてしまいますでぇ」

短いやりとりをしているうちにも雨脚はいよいよ強まり、頭上に迫る黒雲のなかから、低く不穏な雷鳴が轟(とどろ)き始める。三人は手分けして干し物をかき集めた。

「多紀様、こちらへどうぞ」

太い曲尺(かねじゃく)のような形の五香苑の妻手(つまで)にあたる部分には、裏庭から直(じか)に建物のなかに入れる勝手口があった。沓脱(くつぬぎ)があり、上がると四畳半ほどの板敷きになっている。井戸も近くにあるから、家事をするのに都合がいい。多紀は初めてそこに足を踏み入れた。

「お手を煩(わずら)わせてしまって、あいすみませんことですがぁ」

お仕着せの男は寒吉よりもかなり年配で、軽く語尾を引っ張る訛(なま)りがあった。多紀が井川(いがわ)の家に嫁いでいたころ、同じ訛りのある女中が一人いて、直そうと努めていたがなかなか抜けず、よく姑(しゅうとめ)に叱られていたことを思い出した。

「手前は満作(まんさく)と申します。ありがとうございました」

満作は丁重に頭を下げ、傍らのお鈴のことも促した。

「ほれ、お鈴。おめえも多紀様にお礼を申し上げねばぁ」

「いいのですよ。それより、濡れてしまったものを仕分けてしまいましょう。満作さん、ここはわたくしとお鈴ちゃんで手は足ります。だいぶ雨が強いようですから、苑(えん)のなかを見てきてくださいな」

「さいでございますかぁ。はあ、吹き込むといけませんでな。では」

満作は慌ただしく去り、多紀は山盛りの干し物を挟んでお鈴と二人になった。勝手口の軒下を、風が呻って吹き抜けてゆく。その風に乗り、大粒の雨が板敷きの縁まで降りかかってくる。

「あいすみません」

お鈴は恐縮し、縮み上がっている。

「おごうさんも寒吉さんも出かけていて」

「ちっともかまわないのよ。わたくしもここでお館様にお仕えしている、あなた方の朋輩の一人なのですから」

多紀はてきぱきと干し物を仕分け、雨から逃れたものはたたんでゆく。お鈴も手慣れた様子で作業しながら、不安そうに湖の方角へと目を向けた。

「寒吉さんは城下へ行ったからいいですけども、おごうさん、大丈夫かなあ」

黒雲のなかで重たいものを転がすような音が近づいてくる。ちょうど、座敷牢の戸を開け閉てするときの音を倍にも三倍にもしたような感じだ。

「おごうさん、どこにいるの？」

「豊作さんと五郎助さんと、神鏡湖の畔の方へ行ったんです。畑を作る場所を探すって」

「まあ、面白そうだこと」

するとと、お鈴は素直にびっくりした。目をぱちくりさせる。その様子が可愛くて、多紀は笑った。

「わたくしも畑仕事をしたことがあるの。青菜や豆なら作れますよ」

「多紀様がご自分で？」

そのときである。ぴかっと稲妻が光った。苑のなかにいても、一瞬目がちかりとする強い閃光だ。

「これは大きいわ」

言葉尻にかぶるように、雷鳴が轟いた。あたりを揺さぶり、腹に応えるような恐ろしい音だ。多紀は思わず首をすくめた。

「まあ、怖い——」

見れば、その場に座ったまま、お鈴は棒を呑んだように固まっている。洗い物をぎゅっとつかみ、顔は蒼白だ。

多紀ははっとした。半十郎が言っていたではないか。この子は隠土様の大火で家族を失い、自分もひどい火傷を負ったのだ。そして隠土様の大火のきっかけは山火事で、山火事の原因は雷だった。

それを思い出させる雷鳴も稲妻も、お鈴には恐ろしくて当たり前である。多紀は干し物を手放すと、さっとお鈴の肩を抱いた。

「お鈴ちゃん、大丈夫よ。ここにいれば大丈夫。五香苑は頑丈な建物ですからね」

再び稲妻。そして大音響の雷鳴。雨は今や横殴りだ。

お鈴の華奢(きゃしゃ)な身体が震えている。何かしゃべろうとするのか、顎(あご)もがくがくしている。

多紀はその身体にしっかりと片腕を回し、片手はうなじにあててやって、お鈴を胸元に引き寄せて抱きしめた。

「何も怖くありませんよ。わたくしがついていますからね」

雷除(よ)けには蚊帳(かや)を吊(つ)るのが習いだが、今はそんな余裕はない。だが、壁の一面に引き違いの板戸がある。あのなかは物入れか。なかに入れば、お鈴も少しは心丈夫か。

がらがら、ぴしゃ！　雷がどこか近くに落ちた。堪えきれぬように、お鈴が両手で耳を塞(ふさ)ぎ、多紀の腕のなかで小さくなる。

いや、駄目だ。この娘は多紀がしっかり抱きかかえていよう。今はそれがいちばんだ。

「今年も、これで梅雨が明けるのね。北見は美しいところだけれど、雷が多いのは困りものですね」

　春雷、梅雨明け、夏の終わり。冬場には、空っ風が吹きすさぶなかでも雷が鳴る。冬の雷は北見ではしばしば雪の前触れであり、そういえば隠土様の大火の折も、城下の職人町筋を焼き尽くす炎の上に、雪が降りしきった。

「怖くありませんよ。わたくしが一緒にいますからね」

　お鈴は固く目を閉じて泣いている。多紀は、少女をあやすように軽く揺さぶってやりながら、ひたすら「大丈夫、大丈夫」と繰り返していた。

「多紀殿、多紀殿！」

　おや、半十郎の声だ。どたどたと足音をたてて歩き回っている。

「半十郎さん、わたくしはここです」

　多紀も声をあげて応じると、足音が近づいてきて、板敷きの部屋の戸口から大きな図体(ずうたい)が覗(のぞ)いた。

「何と、こんなところにいらしたんですか」

「干し物を取り込んでいたの」

「お鈴も一緒か」

　多紀にしがみついているお鈴の姿に、半十郎もすぐと察するものがあったのだろう。

「怖いよなあ、可哀相に」と、優しい声を出した。

「多紀殿、こちらへ」

半十郎は身を屈めると、多紀とお鈴を一緒に包み込むようにして立ち上がらせた。

「もっと奥へ参りましょう。お鈴、心配ないぞ。この苑には雷は落ちん。雷獣除けがおるからな」

「雷獣除け？」

「私のことです。多紀殿はご存じなかったですか。私は一人山中におっても、田圃の真ん中を歩いていても、かつて一度も雷に遭ったことがござらん。不影流免許皆伝のこの腕を、雷獣が恐れるのでしょう」

確かに半十郎は藩の道場の麒麟児と謳われる使い手だが、長けているのは槍術だ。剣術の方は、はて免許皆伝に達していたろうか。何だかつるつると調子よく吹いてはいないか。

長手の方に戻ってくると、すぐ先の座敷から織部が現れた。多紀たちを見て、おお、と足を止める。

「お鈴、怖いのう」

館守も、この少女の心の傷を知っている。

「ちょうどよい。この座敷の押入が空いておる。そこに入って、雷が通り過ぎるまで休んでおいで。多紀、お鈴を頼めるか」

「はい」

「半十郎は満作たちを手伝ってやってくれ。雨戸を閉てておる。それから灯りを」

「承知いたしました」

「儂はお館様のご様子を見て参る。しかし、まあ景気のいい雷であることよ」

雷鳴が轟くと、こうしたやりとりさえ聞き取りにくいほどである。

多紀は座敷に入り、押入の戸を開けた。壁際に衣桁が立ててあり、葛籠がいくつかあるだけの空き部屋で、押入もほとんど空だ。

「さ、お鈴ちゃん、ここに入って」

お鈴は頭を抱えて押入のなかに転がり込んだ。額を膝頭にくっつけて身を丸めている。

「わたくしはここにいますからね」

戸を閉め切らず、一寸ばかり開けておいて、多紀は声をかけた。

雨戸が閉まり、苑のなかは夜のように暗くなって、あちこちで灯りが揺れ始めた。

やがて半十郎が手燭を持って戻って来て、この座敷の行灯にも火を入れてくれた。

「おごうさんが湖のそばへ出かけているそうなのだけれど」

「今し方、かしましく騒ぎながら帰ってきましたよ。お鈴、おごうは無事だ。ずぶ濡れになって、寒吉が変なことを言うからだと怒っているぞ」

「変なこと？」

「今朝の晴天に、こういうそら天気は信用できないとケチをつけたそうでござる」

「あらまあ。でも梅雨の終わりには、毎年こういうことがありますもの。寒吉さんは知恵者ですよ」

「ごもっともですが、今のおごうには通用しませんぞ。おっそろしい剣幕です。くわばら、くわばら」

雷鳴に負けじと、半十郎は大声でおどけながら座敷を出ていった。

風雨は収まる様子を見せず、雷雲は五香苑の上を、急(せ)き立てたくなるほどゆっくりと通り過ぎてゆく。裏山の木立がざわめき、風が鳴る。落雷があれば、このあたりでも山火事の不安があるから、衛士たちも半十郎も油断なく見張っていることだろう。

押入のなかのお鈴と二人きり。多紀は静かに座っていた。苑の外は大荒れで、お鈴のことは案じられたが、多紀の心は不思議と凪(な)いでいた。ここの人びとがお鈴を想う優しさに触れることができたからだろう。

北見では、城下町で暮らしていても、年に何度かこういう雷に脅かされる。井川の家では、そう、あの訛りのある女中がやはり雷嫌いで、いつか嫁ぐなら雷獣のいないところに行きたいと話していたことがあった。

あの女中、名はおみちと言った。当時もう二十五歳で、家中の屋敷の女中として年季が入っていた。

——井川の家では、おみちだけがわたくしの味方だったわ。

織部や白田先生と話し合っているとき、嫁いでいたころの記憶が蘇ってきた。口には出さなかったけれど、多紀の心の内では、とうに寝かせた子が起きてしまった。

人が、何らかの理由で人が変わったようになって激しく怒る。多紀がその経験をしたのは、井川貞祐(さだすけ)の嫁であったころだ。

怒るのは井川の母、多紀の姑であった。

初めて顔を合わせたときには、おとなしやかな方だと思った。温和というにはやや冷ややかで、口数が少ない。こうして離れてみれば思い切った言葉も許されるだろう。陰気な女人ではあった。

そういう人が、折節、度を失ったように多紀を怒り、こっぴどく叱りつける。しかも言葉だけでは足らず、手をあげた。

不縁の原因も、実はそこにある。とうとう耐えられなくなって、多紀は井川の家を逃げ出したのだった。このままでは姑に殺されてしまうと思った。

姑の嫁いびりは、世間に珍しいことではない。嫁いだころ、多紀の母の佐恵は既に故人だったが、ささやかな祝言の前には仲人からよくよく言い聞かされたし、多紀も心得ているつもりであった。どこの家でも姑と嫁の諍いはある。いちいち臆したり腹を立てていては、嫁の務めは果たせない。

――でも、井川のお姑様のお怒りは、尋常なものとは思えなかった。

姑は寡婦で、貞祐が戸主である。家人や女中たちは、姑を大奥様、多紀を奥様と呼んで仕えてくれた。そして普段の姑は、大奥様という呼称にふさわしい取り澄ました人で、深い池の鯉のように物静かに、まわりの誰にも興味を持っていないようにさえ見えた。

それが、あるとき唐突に豹変する。怒りでみるみるうちに形相が変わり、身をわななかせる。そして平手や拳が飛んでくる。物差しで叩かれたこともしばしばあった。

姑の怒りと叱責は、嫁の自分に落ち度があるからだ。ひたすら堪え忍び、申し訳ございません、お許しください、今後は改めますと繰り返すだけで、多紀は一度も抗ったことはない。姑は女人にしては大柄で骨太な人で、力も強かったから、もし抗おうとしたとしても、多紀の力ではかなわなかった。

多紀は必死で考えた。何がいけないのだろう。何が至らないのだろう。姑の叱責の内容をよくよく嚙(か)みしめ、理解しようと心を尽くし知恵を絞った。

だが、それはいつも気まぐれで、理が通っていないのだ。あるときは汁物の味付けが濃いと叱られ、あるときは薄いと怒られる。同じようにこしらえているのに。

――あなたは井川の家風に合いません。

それも姑の決まり文句だった。が、どう改めればいいのかは教えてくれない。

――作事方(さくじかた)の娘だから土臭い。

一つ座敷で縫い物をしていて、いきなりそう怒り出し、臭くて我慢ができないと障子戸を開け放ち、それでも臭い、臭いと足蹴(あしげ)にされたこともあった。

そうした事は、貞祐が登城して屋敷を空けているときに起こる。夫の目の前では、姑は端然とした武家の寡婦だ。多紀と二人でいるときにだけ、狂乱がやってくる。

貞祐は一人息子だった。だから世間の人は、そんなものは愛(いと)しい息子を嫁にとられた母の悋気(りんき)だ、しばらく耐えろ、赤子が生まれれば姑殿の勘気(かんき)も必ず和らぐと言うだろう。事実、あまりの不可解さと恐怖に、多紀が一度だけ仲人に訴えると、厳しくそう諭された。

実際、悋気のようなものはあったのだろうと、多紀も思う。姑の狂乱が起きるのは、その前夜に多紀が貞祐の寝室に呼ばれたときが多かったからだ。閨のことが済んで多紀が自身の寝室に戻ろうとすると、姑の寝所から咳払いが聞こえることもあった。

だが貞祐と姑はあまり仲睦まじい母子ではなかったし、そのことは貞祐本人が認めていた。母上とはどうにも反りが合わぬ、子供のころから愛しんでもらった覚えがないと、夫はときたま多紀に愚痴をこぼした。

——亡き父上とは意に染まぬ縁組みだったらしい。だから母上は、井川の家を嫌っておられるのかなあ。

俺は家族ならではの親しみ、身内の情というものを知らぬと、貞祐はよく言っていた。その分、彼は多紀を大事にしてくれたし、多紀を想ってくれた。

だが、助けてはくれなかった。

多紀の背中に残った痣や、腫れた頬、切れた唇に、どうしたのかと尋ねてはくれる。こんな事になるのはこちらに非があるからだと自身に言い聞かせていた多紀は、そのたびに作り話をして言い抜けた。

すると貞祐は、それ以上問おうとしない。縷々言い並べている多紀自身にさえ嘘くさく聞こえる作り話であっても、すんなり納得してしまった。

いや、納得したふりをした。その方が楽だったからだ。闊達で明朗で野心家の貞祐は、人の性の暗い一面に——それが己の母親のものであればなおさら、そんなものに直面したくはなかったのだろう。そのうち何とかなる。そう考えて、逃げていたのだろう。

それは後に、実家に逃げ帰った多紀の身体の傷を見て驚き、その訴えにも驚いた兄の総一郎が密かに貞祐と談判に及んだとき、彼が狼狽えこそすれ、少しも驚いたふうを見せなかったことからも明らかである。

あのとき、父に似て訥弁な総一郎は、多紀にこう言った。

——よく戻って来たな。

そのひと言だけで充分だった。

嫂も泣いて庇ってくれたし、兄がしっかり取りなしてくれたのだろう、父・数右衛門も多紀を叱らなかった。多紀は、井川家の家風に合わず去り状を出されたという形で実家に帰ることができた。心残りは、いつも自分に味方してくれたおみちが井川家に居づらくなるのではないかということだけだったが、家中の噂話に気をつけていても、幸い、そんな様子はなかった。

多紀が出戻って半年ほどで、貞祐は新しい妻を迎えた。姑の悋気と粗暴な狂乱の癖が収まったのかどうか定かではない。ただ、この正月には赤子を抱いていたから、余計な心配をする必要はなかろう。

しかし、多紀の心からは、今も疑念が抜けきらない。姑にあのようなふるまいをさせたのは、やはり自分に非があったからではないのか。自分のなかには、井川の姑のような人を怒らせるものがあるのではないか。女として何かしら大事なものを欠いているから、夫に守ってもらえなかったのではないか。

——二度と、誰にも嫁ぐまい。

にぎやかな城下を離れ、父と二人きり、長尾村でひっそり暮らすことを選んだのも、そういう生き方が、自分のような女にはふさわしいと思い決めたからである。

「——多紀様」

小さな声で名を呼ばれ、多紀は我に返った。雷鳴が止んでいる。雨音もずいぶんと静かになっている。

押入の戸に手をかけて、お鈴が顔を出し、こちらを覗き込んでいた。

「よかった、雷様は通り過ぎたようですね」

言って、自分の頬が濡れていることに気がついた。いつの間にか涙していたのだ。お鈴は、その涙に驚いて呼びかけてきたのである。

慌てて、指で目元を拭った。

「ごめんなさいね。あんまり大きな雷なので、わたくしもびっくりしてしまったみたい」

剽げてぐるりと目玉を回してみせて、身を寄せ、囁きかけた。

「お恥ずかしいことです。石野様や田島様には内緒にしておいてくださいね」

笑いかけると、お鈴はうなずいた。そして、おそるおそる縮こまって呟いた。

「今度大きな雷がきたら、多紀様も、おらとごいっしょに押入に隠れましょう」

まあ、この子はわたしを案じてくれている。多紀の心のなかに、温かな想いが溢れてきた。

「ええ、きっとそうしますね」

目を合わせると、お鈴もやっと微笑んだ。苑のあちこちで、ばたばたと雨戸を開ける音がたち始めた。

（中巻につづく）

宮部みゆき著　**荒　神**

時は元禄、東北の小藩の山村が一夜にして壊滅した。二藩の思惑が交錯する地で起きた〝厄災〟とは。宮部みゆき時代小説の到達点。

宮部みゆき著　**ソロモンの偽証**　―第Ⅰ部　事件―（上・下）

クリスマス未明に転落死したひとりの中学生。彼の死は、自殺か、殺人か――。作家生活25年の集大成、現代ミステリーの最高峰。

宮部みゆき著　**悲嘆の門**（上・中・下）

サイバー・パトロール会社「クマー」で働く三島孝太郎は、切断魔による猟奇殺人の調査を始めるが……。物語の根源を問う傑作長編。

宮部みゆき著　**本所深川ふしぎ草紙**　吉川英治文学新人賞受賞

深川七不思議を題材に、下町の人情の機微とささやかな日々の哀歓をミステリー仕立てで描く七編。宮部みゆきワールド時代小説篇。

宮部みゆき著　**かまいたち**

夜な夜な出没して江戸を恐怖に陥れる辻斬り〝かまいたち〟の正体に迫る町娘。サスペンス満点の表題作はじめ四編収録の時代短編集。

宮部みゆき著　**小暮写眞館**（Ⅰ～Ⅳ）

築三十三年の古びた写真館に住むことになった高校生、花菱英一。写真に秘められた物語を解き明かす、心温まる現代ミステリー。

伊坂幸太郎著　オー！ファーザー

一人息子に四人の父親!? 軽快な会話、悪魔的な箴言、鮮やかな伏線。伊坂ワールド第一期を締め括る、面白さ四〇〇％の長篇小説。

伊坂幸太郎著　あるキング　―完全版―

本当の「天才」が現れたとき、人は〝それ〟をどう受け取るのか――。一人の超人的野球選手を通じて描かれる、運命の寓話。

伊坂幸太郎著　３６５２　―伊坂幸太郎エッセイ集―

愛する小説。苦手なスピーチ。憧れのヒーロー。15年間の「小説以外」を収録した初のエッセイ集。裏話満載のインタビュー脚注つき。

伊坂幸太郎著　ジャイロスコープ

「助言あり〼（ます）」の看板を掲げる謎の相談屋。バスジャック事件の〝もし、あの時……〟。書下ろし短編収録の文庫オリジナル作品集！

伊坂幸太郎著　首折り男のための協奏曲

被害者は一瞬で首を捻られ、殺された。殺し屋の名は、首折り男。彼を巡り、合コン、いじめ、濡れ衣……様々な物語が絡み合う！

一條次郎著　レプリカたちの夜　新潮ミステリー大賞受賞

動物レプリカ工場に勤める往本は深夜、シロクマと遭遇した。混沌と不条理の息づく世界を卓越したユーモアと圧倒的筆力で描く傑作。

津村記久子著　とにかくうちに帰ります

うちに帰りたい。切ないぐらいに、恋をするように。豪雨による帰宅困難者の心模様を描く表題作ほか、日々の共感にあふれた全六編。

津村記久子著　この世にたやすい仕事はない
芸術選奨新人賞受賞

前職で燃え尽きたわたしが見た、心震わすニッチでマニアックな仕事たち。すべての働く人の今を励ます、笑えて泣けるお仕事小説。

北村　薫著　スキップ

目覚めた時、17歳の一ノ瀬真理子は、25年を飛んで、42歳の桜木真理子になっていた。人生の時間の謎に果敢に挑む、強く輝く心を描く。

北村　薫著　ターン

29歳の版画家真希は、夏の日の交通事故の瞬間を境に、同じ日をたった一人で、延々繰り返す。ターン。ターン。私はずっとこのまま?

北村　薫著　リセット

昭和二十年、神戸。ひかれあう16歳の真澄と修一は、再会翌日無情な運命に引き裂かれる。巡り合う二つの《時》。想いは時を超えるのか。

出口治明著　全世界史（上・下）

歴史に国境なし。オリエントから古代ローマ、中国、イスラムの歴史がひとつに融合。日本史の見え方も一新する新・世界史教科書。

この世(よ)の春(はる)（上）

新潮文庫　み－22－35

令和元年十二月一日発行

著者　宮部(みやべ)みゆき

発行者　佐藤隆信

発行所　株式会社新潮社

郵便番号　一六二―八七一一
東京都新宿区矢来町七一
電話　編集部（〇三）三二六六―五四四〇
　　　読者係（〇三）三二六六―五一一一
https://www.shinchosha.co.jp

価格はカバーに表示してあります。

乱丁・落丁本は、ご面倒ですが小社読者係宛ご送付ください。送料小社負担にてお取替えいたします。

印刷・錦明印刷株式会社　製本・錦明印刷株式会社

ISBN978-4-10-136945-7　C0193